ラナと竜《りゅう》の方《はこ》舟《ぶね》

沙《さ》漠《ばく》の空に歌え

新藤悦子・作　佐竹美保・絵

理論社

ラナと竜の方舟

目次

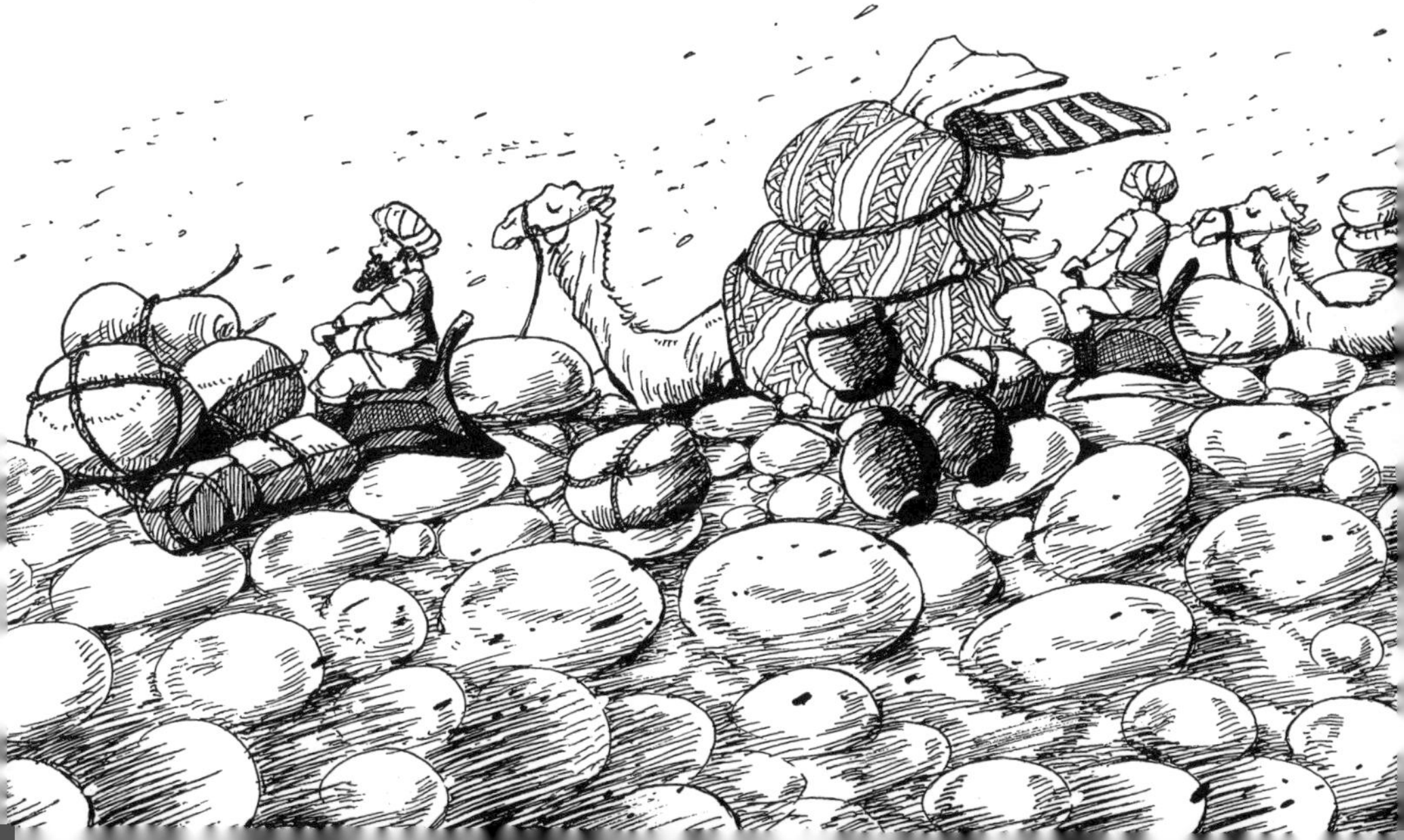

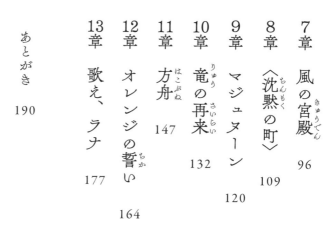

序章《じょしょう》　沙《さ》漠《ばく》の嵐《あらし》

見渡《みわた》すかぎりの沙漠《さばく》のただなかに、沙漠《さばく》とおなじ砂色《すないろ》の町が、海原にうかぶ孤島《ことう》のように、小さくポツンとありました。石ころや砂《すな》ばかりの荒野《こうや》に道はなく、行く人もなければ知る人もない、地図にのっていない町です。

土壁《つちかべ》にぐるりとかこまれたその町には、それでも門がありました。日干《ひぼ》しレンガを積みあげた門は、扉《とびら》のまわりだけ白い漆喰《しっくい》をぬって化粧《けしょう》してあります。そんな門があるということは、外の人を迎《むか》え入れるつもりがあるようです。

町の中には、遠くからでも目をひく背《せ》の高い建物が三つありました。ひとつは青いタイルの角錐《かくすい》屋根、ふたつ目は細い角柱の塔《とう》、三つ目はどっしりと太い円柱の要塞《ようさい》です。

三つ目の要塞《ようさい》は見張《みは》りの塔《とう》で、壁《かべ》の上の方に小さなのぞき窓《まど》がならんでいます。そこから吹《ふ》きこむ風の匂《にお》いが変わったことに、見張《みは》りのマジュヌーンは気づきました。

彼方《かなた》に目をやると、空の上をきらめく光がこちらに泳いでくるのが見えます。竜《りゅう》です。マジュヌーンは腕《うで》を組んで竜《りゅう》を見すえました。その肩《かた》に、小鳥が舞《ま》いおりて鳴きました。

「竜《りゅう》が来るわ」

小鳥の姿《すがた》をしていますが、顔は美しい少女です。つややかな黒髪《くろかみ》に金色の冠《かんむり》をのせています。マジュヌーンは小鳥にうなずき返しました。

「ずいぶん荒《あ》れてるな」

「かなり怒《おこ》ってるみたい」

竜《りゅう》はその体を上下にくねらせながら、ものすごい勢《いきお》いでこちらに向かってきます。

「しずめてやらないと。フープー、竜《りゅう》を門の前におろして」

「まかせて」

小鳥のフープーは金色の翼《つばさ》を羽ばたかせ、竜《りゅう》に向かっていきました。

マジュヌーンは塔《とう》の上までのぼって、見張《みは》り台に立ちました。竜《りゅう》はもうすぐそこまで来ています。竜《りゅう》がひきおこす風で砂《すな》が舞《ま》いあがり、マジュヌーンの長い髪《かみ》も舞《ま》いみだれました。

それなのにフープーは、砂嵐《すなあらし》の中をひとすじの光のようにまっすぐ飛んで、竜《りゅう》の額《ひたい》にかがやく白い珠《たま》におりると、美しい声で歌いました。

さまよえる竜《りゅう》よ　おやすみなさい
つかれた体を　横たえなさい
背中《せなか》の荷物を　地上におろし
ふしぎな夢《ゆめ》を　楽しみなさい

フープーの歌をきくや、竜《りゅう》はスピードを落とし、くるくると渦《うず》を巻《ま》きながら、大地におりていきました。町の門の前に大きな体を長々と横たえたときにはもう、深い眠《ねむ》りに落ちています。砂嵐《すなあらし》もやみ、静けさがもどってきました。

竜《りゅう》の背中《せなか》から、ラクダのキャラバンがぞろぞろとあらわれました。背中《せなか》から尾《お》へと連なって地面におりると、赤ひげの隊長を先頭に門に向かって進んでいきます。門はおごそかにひらいて、キャラバンを迎《むか》え入れました。

眠《ねむ》る竜《りゅう》のかたわらには、ふたりの子どもが残されました。女の子と男の子です。どうしたのか、ぼうぜんと立ちすくんでいます。

マジュヌーンは手にしたハンカチを大きくふって声を張《は》りあげました。

「おーい」

ふたりはマジュヌーンの方を見ましたが、やはり動こうとしません。舞《ま》いもどってきたフープーにいいました。

「あの子たち、なにしてるんだろう。早く入らないと、門がしめられちゃうよ」

「どうしたらいいか、わからないいんじゃない？」

「フープー、あの子たちにキャラバンと町の名前を教えてあげて」

「え～、くたくたなのに」

面倒《めんどう》くさそうにそっぽを向いたフープーの頬《ほお》を、マジュヌーンは小指でそっとなでました。

「そんなこといわないでさ。せっかく竜《りゅう》が連れてきたのに、町に入れなかったらかわいそうじゃないか」

フープーはくすぐったそうに首をかしげてはにかみました。

「しょうがないわね」

フープーは見張《みは》りの塔《とう》から飛び立って、子どもたちの前に急降下《きゅうこうか》しました。

「キャラバンの名前はさまよえる竜《りゅう》、町の名前は竜《りゅう》の方舟《はこぶね》よ」

小鳥がしゃべるのをきいて女の子は目を丸くしました。女の子より小さな男の子は、うれしそうに手をのばしてフープーを腕《うで》に止まらせました。

「また来たね。さっきの歌、すごくよかった。すてきな声だったよ」

「だって、わたし、フープーだもの」

男の子にほめられて、フープーはまんざらでもない気持ちになりました。

「さあ、門がひらいているうちに、早く町にお入りなさい。キャラバンの名前は、さまよえる竜《りゅう》。町の名前は、竜《りゅう》の方舟《はこぶね》。きかれたらそう答えるのよ。わかった？」

フープーは親切に念をおしてから、塔《とう》へと舞《ま》いもどっていきました。

1章　さまよえる竜《りゅう》

ものすごい砂嵐《すなあらし》がやんで、ぎゅっとつぶっていた目をおそるおそるあけてみると、ラナは見たこともない土壁《つちかべ》の町の前にいました。あたりはなにもない沙漠《さばく》です。ざらざらとした砂《すな》や石ころだらけの大地に、ぽつぽつと模様《もよう》を描《えが》いているのは枯《か》れた茨。道もないこんなところに、どうやってたどりついたのでしょう。

さっきまでいっしょにいた人たちはどこにもいません。おじさんやいとこや学校の友だち、ふるさとから逃《に》げてきた仲間はどこに行ってしまったのでしょう。代わりにいたのは、知らない男の子でした。

「すごいや、ぼく、竜《りゅう》に乗ってきたんだ」

男の子がつぶやきました。

「竜巻《たつまき》かと思ったけど、竜《りゅう》だったんだ」

男の子はそっと手をのばしました。ラナはそのときはじめて、そこになにかの巨体《きょたい》があると気がついて、ぎょっとして一歩退《しりぞ》きました。

「さ、さわっちゃダメ」

男の子はラナをふり返りました。

「だいじょうぶだよ、寝《ね》てるから」

少しも怖《こわ》がっていない顔で、そのまま手をのばします。

「きれいだなあ。竜《りゅう》がこんなにきれいだなんて、ちっとも知らなかった」

男の子は鈍色《にびいろ》に光るうろこをなでながら、うっとりといいました。

「それ、竜《りゅう》なの？」

ラナは竜《りゅう》を見たことがありません。伝説の獣《けもの》で、じっさいにいるとは思っていませんでした。ところが男の子は自信たっぷりにうなずきました。

「竜《りゅう》だよ。さっきまで空を飛んでたんだから」

「いまは眠《ねむ》ってるの？」

「ぐっすりだよ。あんなにたくさんのラクダが背中《せなか》からおりてったのに、ビクともしなかったんだ」

「ラクダ？」

「ほら」

男の子が指さした方を向くと、町の土壁《つちかべ》に
ひらいた門に、ラクダの列が
吸《す》いこまれていくのが見えました。
「あのラクダ、この竜《りゅう》に乗ってたの？」
「うん。すごいよね、あんなに
たくさん乗せて空を飛ぶなんて」
男の子はほれぼれと竜《りゅう》の顔を見ています。
「きみ、見てたの？」
「うん。飛んでるときも、
おりてくるときも見てた。
ぼく、ジャミルだよ」
「わたしはラナ。あんなにすごい嵐《あらし》だったのに、
よく目をあけていられたね。砂《すな》が入らなかった？
わたし、ずっと目をつぶってた」
　その目をあけたら、ここにいました。
竜《りゅう》に乗った覚えも、おりた覚えもありません。

「平気だよ。ぼく、あそこにつかまってたから、砂《すな》なんか飛んでこなかった」

今度は竜《りゅう》のおでこを指さしました。

両目のあいだに大きな白い珠《たま》がついていて、真珠《しんじゅ》のように、月のように、やわらかな光を放《はな》っています。ジャミルはその珠《たま》につかまっていたといいますが、ラナは自分が竜《りゅう》のどこに乗っていたのかわかりません。

そもそも、どうしてこんなことになったのか、ラナにはさっぱりわかりませんでした。

砂嵐《すなあらし》だと思ったのは竜巻《たつまき》で、それに巻《ま》きこまれて空に飛ばされたのでしょうか。竜巻《たつまき》はじつは竜《りゅう》で、背中《せなか》に乗せられここまできたのでしょうか。そんなことって、現実《げんじつ》にあるのでしょうか。

「ジャミルはどこから来たの？」

「ぼく、おばあちゃんの家に行くところだったんだ。お父さんの車に乗ってたのに、いつのまに竜《りゅう》に乗ったんだろう。お母さんもいっしょだったのに、どこに行っちゃったんだろう」

よくわからないうちにこうなったのは、ジャミルもおなじでした。

そんな話をしていると、「おーい」と呼《よ》ぶ声がきこえました。町の塔《とう》の上からです。だれかが手を大きくふっています。その手にハンカチをひらめかせ、手招《てまね》きしているようです。

ラナとジャミルは顔を見あわせました。

「こっちに来いっていってるのかな？」

「ラクダの列についていこうか？」

どうしようかためらっていると、一羽の小鳥がふたりの目の前に舞《ま》いおりてきました。

「キャラバンの名前はさまよえる竜《りゅう》、町の名前は竜《りゅう》の方舟《はこぶね》よ」

小鳥がしゃべったので、ラナはびっくりしました。よく見ると、人間の顔をしているではありませんか。豊《ゆた》かな黒髪《くろかみ》に金色の冠《かんむり》。おとぎ話に出てくる人面鳥《じんめんちょう》のようです。

ジャミルはうれしそうに手をのばして、小鳥を腕《うで》に止まらせました。

「また来たね。さっきの歌、すごくよかった。すてきな声だったよ」

「だって、わたし、フープーだもの」

やっぱり、伝説の鳥フープーです。ラナが目をつぶっているあいだ、砂嵐《すなあらし》のごう音につつまれていたときに、ジャミルはフープーの歌をきいていたのです。

「さあ、門がひらいているうちに、早く町にお入りなさい。キャラバンの名前は、さまよえる竜《りゅう》。町の名前は、竜《りゅう》の方舟《はこぶね》。きかれたらそう答えるのよ。わかった？」

フープーは念をおしてから、塔《とう》へと舞《ま》いもどっていきました。

ラナとジャミルが門にたどりついたとき、ラクダの列はすでに中に入っていました。門には大男がひとり、ふんぞり返って立っています。腰《こし》にはじゃらじゃら鍵束《かぎたば》をつけていました。

「ちょっと待て、おまえたち、竜《りゅう》に乗ってきたのか？」

こわごわうなずいたふたりを、門番はあやしんでにらみつけました。

「それなら、キャラバンの名前をいってみろ？」

「さまよえる竜《りゅう》」

ふたりが声をあわせて答えると、門番は続けてききました。

「町の名前は？」

「竜《りゅう》の方舟《はこぶね》」

門番はふたりをもうひとにらみしてから、あごをしゃくって中に入れと示《しめ》しました。そのとき、うしろから「待ってくれ！」と叫《さけ》ぶ声が追いかけてきました。

「おれも、おれも入れてくれ！」

ふり返ると、背《せ》の高いひょろっとした男が、足をもたつかせながら駆《か》けてきます。竜《りゅう》に乗っていたのでしょうか、よたよた走ってきましたが、門の前で足をからませてバタッと転んでしまいました。それを見て、門番はチッと舌打《したう》ちしました。

「どんくさいやつだ。キャラバンの名前は？」

「キャラバン？　名前？」

たおれた男は顔をあげてきき返しました。なんのことだかわからないようです。

「キャラバンの名前を知らんのか？」

門番がくりかえすと、男は口を結んでしまいました。

「知らんのなら、入れるわけにいかん」

「そんな！」

白い顔がさっと青ざめました。

「キャラバンの名前は、さまよえる竜《りゅう》だよ」

ジャミルが助け舟《ぶね》を出しました。

「そ、そうだ、さまよえる竜《りゅう》だ」

男はあわてて復唱《ふくしょう》します。門番は続けてききました。

「町の名前は？」

「えっと、町の名前は……」

男はすがるような目をジャミルに向けています。

「町の名前は、竜《りゅう》の……なんだっけ？」

ジャミルは続きを忘《わす》れて、ラナを見ました。

「はこぶね。竜《りゅう》の方舟《はこぶね》、っていってた」

「はこぶねって、なに？」

「知らない。船なんじゃない？」

ジャミルはちょっと首をかしげましたが、男に向かっていいました。

「町の名前は、竜《りゅう》のはこぶねだって」

「そうそう、町の名前は竜《りゅう》の方舟《はこぶね》だ！」

門番は鼻で笑って、あからさまに男を見下しました。

「チビの助けにすがるとは、情《なさ》けないやつだ」

男は白い顔をピンクに染《そ》めましたが、門番に怒《おこ》ったのはジャミルの方でした。

「おじさん、ぼくはチビじゃないよ、ジャミルっていうんだ」

大きな黒い目で門番をにらんでいます。

「わかった、わかった、さあ、早いとこ入れ。竜《りゅう》は二晩《ばん》あそこで眠《ねむ》る。竜《りゅう》が目ざめたら出ていくんだ」

門番はそういって三人を中に追い立て、門をしめて鍵《かぎ》をかけました。


「ありがとう、ジャミル。助かったよ」

門の中に入ると、男はほっとしたように息をつきました。

「おれはミハイル。きみは？」

「ラナ」

ラナは答えながら、このお兄さんはどこから来たんだろう、と考えました。金髪《きんぱつ》で肌《はだ》は白く、目は青い、ラナがいた町では見かけない外見です。

「ところで、ここはどこなんだろう？」

ミハイルがラナにききました。

「知らない。竜《りゅう》の方舟《はこぶね》、って町なんじゃない？」

「うん、それはきいた。見たところ沙漠《さばく》の町だ。おれは国境《こっきょう》を越《こ》えようとして、車で山道を走っていたのに、なんで沙漠《さばく》にいるんだ？」

ミハイルもやはり、わからないうちにここに来ていたのです。竜《りゅう》に乗った覚えなど、もちろんありません。

「おい、いつまでそんなとこにつっ立ってるんだ」

ターバンを巻《ま》いた赤ひげの男に声をかけられました。

「あ、ラクダのおじさん！」

ジャミルが声をはずませました。竜《りゅう》からラクダの列を率《ひき》いていった人です。

「隊長と呼《よ》んでもらいたいな、ぼうず」

「だったら、ぼうずじゃなくて、ジャミルって呼《よ》んでよ。おじさん、隊長なの？」

「ああ、キャラバンの隊長だ」

「キャラバンって、なに？」

「知らんのか？　荷物を積んで旅するラクダの隊列《たいれつ》のことだ。ところでジャミル、腹《はら》はへっとらんか？」

「ペコペコだよ」

「だったらついてこい」

連れていかれたのは、短い通路を通ってすぐの中庭でした。二階建ての建物に取りかこまれたその庭には、キャラバンのラクダたちが膝《ひざ》を折ってすわっています。建物の一階は倉庫のようで、ラクダの背《せ》からおろされた荷が、運びこまれているところでした。その一画から、食べ物の匂《にお》いがただよってきました。日陰《ひかげ》になった片《かた》すみに円いテーブルがいくつか置かれ、すわって食事をしている人たちがいます。ラナは急に空腹《くうふく》を感じました。

「ちょっと待て。あそこに行って、手を洗《あら》ってこい」

隊長は中庭のすみにある階段《かいだん》を示しました。地下におりていく階段《かいだん》は、出入りする人たちがならんでいます。三人もその列にならんで細い階段《かいだん》をおりました。おりるにつれ、ひんやりとしてきます。うす暗い地下には貯水槽《ちょすいそう》があって、蛇口《じゃぐち》から出る水で順番に手や顔を洗《あら》っていました。

「ひゃあ、冷たい」

三人のうちで最初にならんだジャミルは、水をさわった手を思わず引っこめました。外の暑さからは想像《そうぞう》できない冷水です。三人はよごれた手や顔を洗《あら》い、口をゆすいでからその水を飲みました。

冷たい水で喉《のど》をうるおし、階段《かいだん》をのぼって地上に出ると、別世界の暑さです。それでも、建物の日陰《ひかげ》に入るとすずしいのは、湿気《しっけ》がないためでしょう。三人は赤ひげ隊長のいるテーブルに近づいていきました。

「さっぱりしたな。まあ、ここにすわれ」

テーブルは銅《どう》の丸盆《まるぼん》で、まわりに脚《あし》の短い椅子《いす》が置いてありました。三人が椅子《いす》に腰《こし》をおろすと、ほどなく給仕《きゅうじ》がやってきて、煮込《にこ》み料理が入った大きな青い鉢《はち》をひとつと、平たいパンを四枚《まい》テーブルに置きました。

隊長がターバンにさしていた木のスプーンをとって青い鉢《はち》に手をのばすと、ジャミルがそれをさえぎりました。

「ちょっと待って、隊長、ぼくたちのスプーンは？」

「なんだ、おまえたち、自分のスプーンも持っとらんのか？　よくそれで旅に出たな」

ラナははっとして、背中《せなか》からリュックをおろして中をまさぐりました。スプーンとフォークが出てきました。

「わたし、持ってます」

なにかあったときのためにと思って、荷物に入れておいたのです。

「おれの荷物は？　スーツケースはどこだ？」

ミハイルはいまごろ気がついてあわてています。

「竜《りゅう》に置き忘《わす》れてきたのか？　門はキャラバンの出発まであかんぞ」

隊長があきれていうと、今度はジャミルが訴《うった》えました。

「ぼくはおばあちゃんの家に行くところだったんだ。おばあちゃんの家にはスプーンがいっぱいあるから、持っていかなくてよかったんだ」

「そうだな、ジャミル、ここにもスプーンはたくさんあるから借りてやる」

隊長が給仕《きゅうじ》にいいつけると、すぐに木のスプーンを持ってきてくれました。ジャミルはそのスプーンを大鉢《おおばち》につっこむと、煮込《にこ》んでやわらかくなった肉をすくいとって口に入れました。

「おいしい！」

隊長は満足そうにうなずきました。

「こいつはここの名物、鴨肉《かもにく》とクルミのザクロ煮《に》だ」

ザクロのソースで甘酸《あまず》っぱく煮込《にこ》んだ鴨肉《かもにく》にクルミがトロっとからんで、なんともいえないおいしさです。三人とも夢中《むちゅう》で食べました。

お腹《なか》がふくれると、眠《ねむ》くなってきました。ジャミルはいまにもまぶたがとじそうです。

「寝《ね》るのは上の部屋だ」

中庭をとりかこむ建物の二階には、バルコニーに面して部屋がならんでいました。一階は厨房《ちゅうぼう》や倉庫で、二階が宿になっているそうです。キャラバンでやってきた人たちはみんな、ここで食事をして泊《と》まっていました。

「ここに泊《と》まれるのは二晩《ばん》だけだ。出発までゆっくり休むんだぞ」

「ちょ、ちょっと待ってください」

ミハイルが隊長を引きとめました。

「出発って、どこに行くんですか？」

隊長は気の毒《どく》そうな目でミハイルを見て、首をすくめていいました。

「わしのキャラバンは、さまよえる竜《りゅう》だ。

どこへ行くか、わしにもわからんよ」

2章　蜃《しん》気《き》楼《ろう》の町

日がかたむいて中庭の空が暗くなりはじめると、電気がないのか、松明《たいまつ》が灯《とも》されました。食事を終えたラナたちは、二階の部屋で休むことにしました。

泊《と》まる部屋は男女で分かれていて、ラナが入った部屋にはだれもいませんでした。部屋のすみに積みあげられた布団《ふとん》を一組じゅうたんの上に敷《し》くと、その中にもぐりこみました。日が暮《く》れると急に冷えてきて、羊毛布団《ぶとん》のあたたかさが心地よく感じられます。わからないことだらけ、考えなければと思っていたのに、布団《ふとん》にくるまったとたん睡魔《すいま》におそわれて眠《ねむ》ってしまいました。

どれほど眠《ねむ》ったのでしょう、ぐっすり眠《ねむ》ったおかげで、目ざめたときには頭がすっきりしていました。布団《ふとん》をたたんで部屋を出て、バルコニーから中庭を見おろすと、もうみんなお盆《ぼん》のテーブルをそれぞれにかこんで朝食をとっています。ジャミルとミハイルもいました。

「あ、ラナだ！」

ジャミルがラナを見つけて立ちあがりました。

「ラナ、おはよう。いっしょに食べようよ」

朝食は豆のスープと焼きたての平たいパンです。

「ラナはよく眠《ねむ》れた？」

「うん。一度も起きなかった」

「ぼくも。ミハイルはあまり眠《ねむ》れなかったんだって。みんながいびきをかいてたから」

ミハイルの目の下にはくまができていました。

「そっちの部屋は混《こ》んでたの？　わたしはひとりだったけど」

ラナがいうと、ミハイルはうんざりした顔で肩《かた》をすくめました。

「うらやましいな。こっちはキャラバンの隊員でぎゅうぎゅうづめさ。みんな雑魚寝《ざこね》で、いびきやら寝言《ねごと》やら、うるさくて眠《ねむ》れやしない。自分のベッドが恋《こい》しいよ」

布団《ふとん》を敷《し》いて寝《ね》ることに、ミハイルは慣《な》れていません。自分のベッドがいくらなつかしくても、旅に出てからは遠ざかるばかりでした。

「でも、同室の人と話してわかったこともある。ここはキャラバンサライなんだ」

「キャラバンサライ？」

「ラクダのキャラバンが泊《と》まる宿だって。いまでも使われてるんだなあ」

「宿だったら、お金を払《はら》わなきゃいけないの？」

「いや、二晩《ばん》はタダで泊《と》まれる。食事も寝床《ねどこ》も無料らしい。でも、三日目の朝、竜《りゅう》が目ざめたら出ていかなきゃならない。おれたちも明日の朝には出発だ。ところが、竜《りゅう》の行き先はわからないときてる。どうする？」

ミハイルにきかれて、ジャミルはすぐに答えました。

「ぼくは、おばあちゃんの家に行きたいんだ。竜《りゅう》はおばあちゃんの家に行かないの？」

「どこに連れていかれるか、だれもわからないんだって」

「そんなの、やだよ」

「そうだよな。おれだって、下手なところに連れていかれたらこまる。逆《ぎゃく》もどりされたら苦労も水の泡《あわ》だ」

ラナも生まれた町にもどるのだけはさけたいところでした。かといって、知らない土地に連れていかれるのも不安です。それを明日までに決めなければならないなんて。

「もうしばらくここにいられないかな？」

「ここに残ったら、勝手には出ていけないらしい。竜《りゅう》のキャラバンが来るのを待つしかない。だけど、次にいつ竜《りゅう》が来るかはわからない。ずっと先かもしれない」

「そんなの、やだよ。ここにずっといるなんて」

「同感だね。だが、もう少しなにかわからないと、どうすればいいか決められない。ここはおかしな場所だと思わないか？　おれのしゃべる言葉がみんなに通じる」

「それ、わたしもヘンだと思ってた」

ミハイルはどう見てもおなじ国の人ではなく、ちがう言葉を話すと思われるのに、最初から話が通じました。ジャミルもそうです。言葉は通じますが、ちがう国から来たのではないかという気がします。

「竜《りゅう》に乗ると言葉の壁《かべ》がとれる、ってキャラバンの隊員がいってたけど」

「何語で話しても通じるの？」

「そうらしい。なんだかバベルの塔《とう》より前の世界みたいだ」

「どういうこと？」

「バベルの塔《とう》の伝説、知らないかい？　かつて人はおなじ言葉を使っていて、力をあわせて天にも届《とど》くバベルの塔《とう》を建てようとした。それを見た神さまが、人にそんな力を持たせまいとして言葉を乱《みだ》した。だからバベルの塔以降《とういこう》、人はバラバラの言葉をしゃべるようになったって話だよ」

「きいたことないわ」

「言葉がおなじだと協力して高い塔《とう》も建てられるけど、言葉がちがえば話が通じなくて争いばかりおこる。バベルの塔以降《とういこう》、人は言葉が通じなくて戦争をやめられなくなったんだ」

「言葉が通じても、戦争は起こるよ」

言葉が通じればわかりあえるわけじゃない、とラナは知っています。

「まあ、そういうこともあるな」

ミハイルも認《みと》めました。

「ともかく、ここでは言葉に不自由しない。ありがたいけど、おかしな場所だ」

言葉が通じるのは大助かりですが、たしかにふしぎです。竜《りゅう》のキャラバンや人面鳥《じんめんちょう》フープーよりふしぎかもしれない、とラナも思いました。


キャラバンの隊長にきけばもう少しなにかわかるかもしれない、と三人は赤ひげ隊長を探《さが》しました。しかし、中庭にも倉庫にも見当たりません。

「あの青い扉《とびら》の向こうにいるんじゃない？」

ジャミルが中庭の奥《おく》の扉《とびら》を指さしました。まわりの壁《かべ》を漆喰《しっくい》で白くぬった青い扉《とびら》は、ぴったりとしまっています。その前に立って扉《とびら》をあけようとしていたら、門番があわてて駆《か》けつけてきて三人をどなりつけました。

「おい、なにしてる」

ミハイルは首をすくめました。ラナもこの人は苦手です。

「キャラバンで来たやつらは、その先には入《はい》れんぞ」

「ぼくたち、隊長を探《さが》してるだけだよ」

ジャミルだけは門番を前にしても物怖《ものお》じしません。

「隊長なら事務所《じむしょ》だ」

門番はあごをしゃくって、二階をさしました。三人が泊《と》まった部屋がならぶのと反対側の二階には、事務所《じむしょ》の部屋がならんでいます。三人が見あげると、ちょうどその一室から隊長が出てきました。

「隊長!」

ジャミルが大きな声で呼《よ》びかけて手をふりました。

「よう、ジャミル。こっちにあがってこい」

三人がバルコニーにのぼっていくと、隊長は中庭のラクダを見おろしていいました。

「今日は新しい荷をそろえ、明日の朝、竜《りゅう》が目ざめたら出発だ」

「隊長、ご相談があるのですが」

ミハイルが改まってききました。

「竜《りゅう》はどこに行くかわからないときききました。いっしょに行かない選択《せんたく》をしたら、どうなるんですか？」

「そういう話は事務所《じむしょ》でしょう」

隊長はバルコニーに面した部屋の扉《とびら》をあけて、三人を中に招《まね》き入《い》れました。

「まあ、かけたまえ」

壁沿《かべぞ》いの長椅子《ながいす》に三人がならんですわると、隊長は自分の椅子《いす》をその前に置いて腰《こし》をおろしました。隊長の椅子《いす》は、ラクダの鞍《くら》でした。

「竜《りゅう》に乗らない場合、この町に残る手続きをすることになる。この町に残ったら、勝手に外には出られんぞ。竜《りゅう》が来るのを待つしかない」

「竜《りゅう》は定期的にここに来るんですか？」

「定期的とはいえんな。長くさまようときもあれば、すぐに舞《ま》いもどってくるときもある。竜《りゅう》は人の都合じゃなくて、竜《りゅう》の気分で動くんだ。次はいつ、とはいえん」

「いつかわからなくても、竜《りゅう》に乗らないと、ここから出られないんですね？　ここはいったい、どこなんですか？」

「どこといわれても、地図にはない、蜃気楼《しんきろう》の町だからなあ」

「シンキロウ？」

ジャミルがオウム返しにききました。

「ああ、沙漠《さばく》で道に迷《まよ》った旅人が、遠くに陽炎《かげろう》にゆれる町を見ることがある。町だと思って近づくと消えてしまう、それが蜃気楼《しんきろう》、まぼろしの町だよ」

「まぼろしの町に、ぼくたちはいるの？」

「そうだ。竜《りゅう》でしか来ることができない場所だ」

「そんな……」

ミハイルは絶望的《ぜつぼうてき》な顔になりました。

「だけど、どうしてここに来たんだろう。ぼく、おばあちゃんの家に行くところだったのに」

ジャミルがふしぎそうに口をとがらせると、隊長は苦笑《にがわら》いしました。

「竜《りゅう》がおまえたちを助けたんだよ」

「助けた？　ぼくたち竜《りゅう》に助けられて、ここに来たの？」

「危《あぶ》ないところを救《すく》われて、命拾いしたんじゃないか」

危《あぶ》ないところ、といわれても、三人ともはっきりと思い出せません。記憶《きおく》に残っているのはただ、行く手をさえぎられた、という感覚だけです。

「救《すく》われたっていわれても、どこかわからない町に運ばれて、どこかわからない場所に連れていかれるなんて……」

途方《とほう》に暮《く》れたミハイルを、隊長はわけ知り顔で諭《さと》しました。

「人生はキャラバン、この世はキャラバンサライ、とむかしからいうじゃないか。命があるかぎり人生は続く。たとえわからない場所に行こうとな」

うなだれてしまったミハイルにかわって、ジャミルが訴《うった》えました。

「だけど、ぼくは、おばあちゃんの家に行きたいんだ。隊長、竜《りゅう》にそういってよ」

「いってやりたいが、竜《りゅう》は人のいうことに耳を貸《か》さんのだ」

「おばあちゃんが待ってるんだ。ぼく、行かなくちゃ」

あきらめられずにくりかえすジャミルに負けて、
隊長はぼそりとつぶやきました。

「竜《りゅう》になにかいえるのは、フープーだけだ」

「フープー？」

ジャミルはその言葉に食いつきました。

「フープーのいうことなら、竜《りゅう》もきくの？

だったら、フープーにたのんでみる。

フープーはどこにいるの？」

たてつづけにたたみかけられて、隊長は苦笑《にがわら》いしました。

「ジャミル、フープーを知っとるのか？」

「知ってるよ。歌もきいたし、話もした」

「話した？　フープーと？」

隊長がいぶかしそうに眉《まゆ》を寄《よ》せたので、ジャミルはむきになりました。

「ほんとだってば。キャラバンの名前はさまよえる竜《りゅう》って、フープーが教えてくれたんだ。ラナ、そうだよね？」

ラナがうなずいても、隊長はまだ半信半疑《はんしんはんぎ》です。隊長はフープーを知ってはいましたが、口をきいたことはありませんでした。でも、ジャミルはフープーと仲良《なかよ》くなったつもりでいたので、すっかり気を取り直しました。

「フープーならきっと、ぼくのたのみをきいてくれる。フープーがいえば、竜《りゅう》はおばあちゃんの家に行ってくれるんだね？」

「それはわからんが、フープーのいうことなら竜《りゅう》もきく、ときいたことがある」

「そのとおりだよ。フープーが眠《ねむ》りなさいって歌ったら、竜《りゅう》は飛ぶのをやめて眠《ねむ》ったんだから。ぼく、フープーに会ってくる。どこにいるの？」

「フープーがいるのは、見張《みは》りの塔《とう》だ。町に残る手続きをせんことには、見張《みは》りの塔《とう》には行けん」

さっき門番に止められた青い扉《とびら》の向こうには、町に残る人しか入れてもらえないのです。それをきくと、ジャミルは迷《まよ》わず答えました。

「じゃあ、手続きする」

「明日、竜《りゅう》に乗るのは、あきらめることになるぞ」

「うん、わかった。ぼく、フープーにたのんで、次に竜《りゅう》が来たら、おばあちゃんの家に連れていってもらうよ」


ジャミルはさっそく町に残る手続きをしました。けれど、ラナとミハイルは、ジャミルのようにはさっさと決められません。もう少し考えるといって、中庭におりていきました。

「ふたりもここに残って、フープーにたのめばいいじゃない」

ジャミルがいうと、ミハイルが問い返しました。

「そのことだけど、フープーって、なんだい？」

ミハイルはフープーを見ていないので、なんのことだかわからなかったのです。

「小鳥だよ。顔は女の子の」

「顔は女の子？」

「おとぎ話に出てくるけど、知らない？」

ミハイルは肩《かた》をすくめてみせました。フープーのおとぎ話などきいたことがなく、存在《そんざい》そのものを信じられません。ラナだって、この目で見なければ、信じられなかったでしょう。

「フープーにたのむとしても、どこに連れていってもらいたいか、わたしはジャミルみたいに具体的にいえない。どうしようかな」

どこに行けばいいのか、ラナにはわかりませんでした。国を出たら、まずは安全なところ、それから受け入れてくれるところに行く、とおじさんはいっていました。でも、どこで受け入れてくれるのか、ラナは知りません。

「それならぼくといっしょにおばあちゃんの家に行こうよ。そこから行きたいところに行けばいいよ。おばあちゃんの家ならだいじょうぶだから」

ジャミルはそういってさそいましたが、そんなにかんたんには決められません。


いつのまにか日が高くなって、厨房《ちゅうぼう》からおいしそうな匂《にお》いがただよってきました。昼食をとる人たちが中庭のテーブルに集まってきます。三人も丸盆《まるぼん》のテーブルにつきました。給仕《きゅうじ》が運んできたのは、昨日とおなじ青い大鉢《おおばち》と平たいパンです。料理もおなじ鴨肉《かもにく》とクルミのザクロ煮《に》でした。

「ほかの料理はないのかい？」

ミハイルがきくと、給仕はすまして答えました。

「午後はこれと決まってますよ」

朝は豆のスープ、午後は鴨肉《かもにく》とクルミのザクロ煮《に》。厨房《ちゅうぼう》の料理はこのふたつで、食事ができるのは日に二回、夜にはしめてしまうといいます。

「じゃあ、食べておかないと」

ラナは自分のスプーンを取りだしました。昨日は着いたばかりで事情《じじょう》もわからず、食事をしたらつかれが出て眠《ねむ》ってしまいましたが、夕食と呼《よ》べるものはなかったのです。

「この料理、おいしいよね」

ジャミルもいそいそと食べはじめ、ミハイルはため息をつきました。

「うまいけど、毎日これじゃあなあ……」

「ぼくは毎日でもいいや」

「それならここに残っても平気だな」

ミハイルはそういって、またため息をつきました。

「まいったなあ。ここに残って、毎日おなじものを食べるなんて……」

沙漠《さばく》の中の町で、外の世界とつながることもできず、いつ出られるかもわからない。ミハイルには耐《た》えがたい状況《じょうきょう》でした。

「おれの国はとなりの国と戦争をはじめてしまったんだ。おれは戦争に反対だけど、それを口に出したら捕《つか》まってしまう。そのうち徴兵《ちょうへい》がはじまった。戦場に行きたくない、ふつうに働いて暮《く》らしたい、悩《なや》んだ末に逃《に》げようと決めて、国を出ようとしていたんだ。それなのに、竜《りゅう》とかキャラバンとか蜃気楼《しんきろう》の町とか、おかしなことになっちゃって。こんなところでぐずぐずしちゃいられないのに……」

ミハイルにはあせりが見られました。

「じゃあ、竜《りゅう》に乗って行く？」

ラナがきくと、ミハイルは思いつめたようにうなずきました。

「そうだな、そうするしかないな。まぼろしの町ってことは、ないも同然の町だ。ここにいたら、おれが生きてるってだれにも知ってもらえない。おれからの連絡《れんらく》を待ってる仲間も心配してるはずだ。どこでもいいから、外の世界とつながる場所に行かないと」

でもラナは、どこでもいいとは思えませんでした。まったく知らないところにひとりで放りだされるのは、ここにいるより不安です。決められずにいるところに、赤ひげの隊長がやってきました。

「どうするか決まったか？」

「おれは竜《りゅう》のキャラバンに乗ります」

ミハイルが答えると、隊長はうなずいてラナの方を向きました。

「わたしはまだ、迷《まよ》ってて……」

うつむいたラナに、赤ひげ隊長はいいました。

「それならここに残らんかね」

「えっ？」

ラナが顔をあげると、隊長は気まずそうに赤ひげを指でこすりました。

「じつは、町を出たいという人がふたりいてね。ふたり乗せるには、ふたりおりてもらわねばならんのだ。決められんなら、今回は残ってくれ」

「そんな……」

乗せないといわれると、急に不安になります。この機会を逃《のが》したら、とりかえしのつかないことになるのでは……そんなラナの心配をぬぐうように隊長はいいました。

「次に来たときには、優先的《ゆうせんてき》に乗せてやるから」

「ラナ、ぼくと残ろうよ」

ジャミルもラナの袖《そで》を引っぱってせがみます。

「残ってやりなさい。ジャミルもひとりじゃ心細いだろう。それに、町を出るふたりというのは親子で、引きはなすわけにいかんのだ」

そういわれたら返す言葉もありません。親子のあいだをさくことは、ラナにはできませんでした。

「わかりました。ここに残ります」

「助かるよ。ここはそんなに悪いところじゃない。沙漠《さばく》のオアシスだ。少なくとも紛争《ふんそう》に巻《ま》きこまれる心配はないからな」

赤ひげ隊長はそういって、ラナの肩《かた》をはげますようにポンとたたきました。

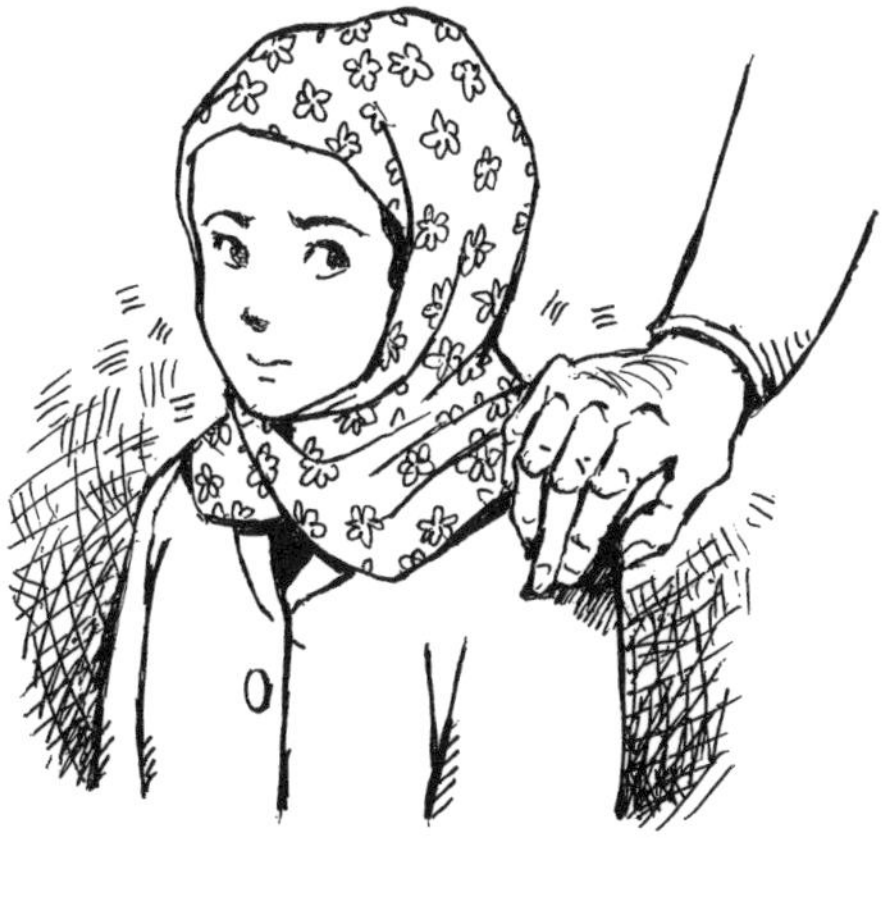

3章　泉《いずみ》の館

竜《りゅう》のキャラバンは夜明けとともに旅立ちました。

空が白々としてくると、マジュヌーンは見張《みは》りの塔《とう》の上から、ラクダが列をなして竜《りゅう》に乗りこむのを見守りました。ラクダに続いてミハイル、そして小柄《こがら》な母親が小さな子の手を引いて乗りこみます。みんなが乗ったのを確《たし》かめて、赤ひげ隊長は竜《りゅう》の尾《お》の先についた白い珠《たま》をなでました。グホーと竜《りゅう》が深い息を吐《は》きました。

フープーが飛んできて、マジュヌーンの肩《かた》に止まりました。

「あの子たちは乗らないのね」

ジャミルとラナのことです。

「かわりにあの親子が乗った。この町で生まれた子だよ」

「もうしっかり歩いてる」

「あの子にふるさとの緑を見せたいんだって」

「緑ならここにもあるのに」

「沙漠《さばく》にジャングルはない。スコールの雨にぬれる緑を見せたいんだよ。竜《りゅう》がそこに向かうよう、歌ってあげて」

「わかったわ」

フープーは塔《とう》の上から飛び立つと、竜《りゅう》の額《ひたい》の白い珠《たま》におりて歌いかけました。

さまよえる竜《りゅう》よ　お目ざめなさい
夜が明けたら　飛び立ちなさい
スコールをあびて　おどる緑の木々
はるかジャングルに　旅立ちなさい

フープーが歌い終えると、竜《りゅう》は目をカッと見ひらき、ルビーのように赤く光らせて、上空へと舞《ま》いあがりました。そして彼方《かなた》へと飛んでいきました。

竜《りゅう》のキャラバンが出発したとき、ラナとジャミルはまだ寝《ね》ていました。

「ミハイルにさよならもいえなかった」

朝食の席でジャミルはしょんぼりしていました。出会いがとつぜんなら別れもとつぜんで、気持ちがついていきません。

「竜《りゅう》が飛ぶところ、見たかったなあ」

竜《りゅう》が飛び立つところを見逃《みのが》して、しくじったとラナはくやみました。竜《りゅう》に乗って飛ぶなんて、いまだに信じられなくて、見ておかなければ、次に自分が乗る心の準備《じゅんび》ができない気がします。

「もうどこかにおりてるかもしれない。竜《りゅう》って、飛行機より速いよ、きっと」

竜《りゅう》の話になると、ジャミルは気を取り直しました。

「ぼく、今度乗るときも、竜《りゅう》のおでこの白い珠《たま》につかまるんだ。あそこからだとなんでもよく見えるから」

そんな話をしながら、豆のスープを食べているところに、門番が鍵束《かぎたば》をじゃらじゃらさせて近づいてきました。

「いつまでもしゃべってんじゃねえ。さあ、行くぞ」

門番はふたりを中庭の奥《おく》に連れていきました。キャラバンの人たちは勝手に入れない、といわれた青い扉《とびら》の前に立つと、鍵束《かぎたば》から鍵《かぎ》を選んで扉《とびら》をあけました。

「入れ。この先は、エマについていくんだ」

扉《とびら》の向こうには、チョコレート色の肌《はだ》のお姉さんが立っていました。カラフルな柄物《がらもの》のスカーフを頭に巻《ま》きつけて、大きな耳飾《みみかざ》りをゆらしています。

「おはよう」

ハスキーな声でした。大きくて厚《あつ》いくちびるでにっこり笑いかけます。

「ラナとジャミルね。わたしはエマ」

そういうや、ラナをそっと抱《だ》きよせました。やわらかな温《ぬく》もりに包まれて、ラナはいっしゅんぼうっとしてしまいました。ジャミルもおなじように抱《だ》きしめられて、こまったようなうれしいような顔をしています。腕《うで》をはなすとエマはまたにっこりしました。

「さあ、行きましょう」

エマはふたりの手をとって、土壁《つちかべ》にはさまれた細い路地を歩いていきました。壁《かべ》にはところどころ小さな扉《とびら》がありますが、中のようすはわかりません。迷路《めいろ》のような路地を右に曲がり、左に折れて、袋小路《ふくろこうじ》のつきあたりでやっと止まりました。

「ここよ。さあどうぞ」

エマが扉《とびら》をあけました。中に足をふみ入れると、色あざやかな花々が目に飛びこんできました。小さな中庭のまん中に小さな池があり、片《かた》すみでぶどう棚《だな》がすずしそうな日陰《ひかげ》を作っていました。茶色い土壁《つちかべ》の向こう側に、こんな庭があるとは思いもよりませんでした。

「今日からここで寝泊《ねと》まりしてね。わたしひとりで暮《く》らしてるから、部屋はあいてるの。さてと……」

エマは腰《こし》に手を当てて、ラナとジャミルを頭からつま先までじっくり見ました。

「ふたりとも体を洗《あら》いましょう。服も洗濯《せんたく》してあげる」

ラナとジャミルは改めておたがいの姿《すがた》を見ました。ふたりともずっとおなじ服を着ています。そのよごれっぷりといったら、いまさらながら恥《は》ずかしくなりました。食事の前に手や顔は洗《あら》っていましたが、服も髪《かみ》もなんてきたないんでしょう。

エマはてきぱきと支度《したく》をはじめました。中庭の井戸でくんだ水をわかし、大きなたらいに湯を注ぐと、ジャミルに向かっていいました。

「服を脱《ぬ》いで。体を洗《あら》ってあげる」

ジャミルは恥《は》ずかしそうに答えます。

「いいよ、自分で洗《あら》えるから、あっちに行ってて」

「そう？　髪《かみ》も洗《あら》える？」

エマは石けんとタオルを渡《わた》すと、今度はラナに向かっていいました。

「ラナは中で洗《あら》いましょう」

ジャミルを中庭に残して、エマはラナを家の中の浴室に連れていきました。その部屋でも、たらいが浴槽《よくそう》のかわりです。エマはたらいに湯を注ぎながらラナにききました。

「着替《きが》えは持ってる？」

「下着と靴下《くつした》は持ってます」

リュックに入っているのはそれだけです。着替《きが》えの服はほかのカバンにつめてあり、そのカバンはありません。残った荷物は背負《せお》っていたリュックの中身だけでした。

「じゃあ、いま着てる服は洗《あら》うから、これに着替《きが》えてね」

渡《わた》されたのは、エマが着ているようなカラフルなワンピースでした。

エマが出ていくと、ラナは髪《かみ》に巻《ま》いたスカーフをとり、綿《めん》のコートを脱《ぬ》ぎました。さっとすずしくなりました。暑くてたまりませんでしたが、脱《ぬ》ぐわけにいかなかったのです。ジーンズもベストもブラウスも脱《ぬ》いではだかになって、洗面器《せんめんき》でたらいの湯をすくって頭からかけました。泥《どろ》のような水滴《すいてき》がしたたります。石けんを泡立《あわだ》てて夢中《むちゅう》で洗《あら》いました。

（こんなによごれちゃって……）

涙《なみだ》が流れました。国を出る覚悟《かくご》をしたのに、ずっと体を洗《あら》えなかったことくらいで泣けてくるなんて、自分が情《なさ》けなくなります。

（でも、こんなことになるなんて、想像《そうぞう》できなかった。みんなとはぐれて、まぼろしの町に来てしまうなんて。これからどうしたらいいんだろう……）

体を洗《あら》っていたラナの手が止まりました。

エマが入ってきて、たらいに湯を足してくれました。

「脱《ぬ》いだ服は洗《あら》うわね。スカーフも。ここではスカーフをしなくてもいいのよ。したかったらすればいい。どっちでもかまわないの。ここは自由だから」

自由ときいてまた、涙《なみだ》がこみあげました。それをかくすように、ラナは頭から湯をバサッとかけました。

ラナがいた国は武装《ぶそう》した男たちに支配《しはい》されるようになって、スカーフをきちんとかぶらない女の人は罰《ばっ》せられるようになりました。そればかりか、女の子が通えるのは小学校までになってしまったのです。中学に入ったばかりのラナは、学校に行けなくなってしまいました。高校にも大学にも行きたい、そして学校の先生になりたいと思っていたのに。

こっそり女の子を集めて授業《じゅぎょう》をしてくれる先生もいました。でも、見つかったら罰《ばっ》せられます。中学校の前で爆破《ばくは》テロがあって、たくさんの女子生徒が亡《な》くなった事件《じけん》もありました。学校に行くだけでも命がけ。学校に行けなくなって、結婚《けっこん》させられた子もいます。それだって、ラナには死刑《しけい》とおなじに思えました。

女の子というだけで勉強を続けられないなんて。ラナはくやしくてたまりませんでした。進学したい、自由が欲《ほ》しい、この国から逃《に》げだしたい。そう思いつめていたとき、おじさんが逃亡《とうぼう》の話を持ってきました。子どもの将来《しょうらい》を案じた大人たちが、ひそかに相談していたのです。見つかったらどうなるかわからない危険《きけん》な賭《か》けでした。それでもラナは賭《か》けました。残るより、出ていく方に。

あの勇気はどこからわいてきたのでしょう。脱出《だっしゅつ》しようと決めたときは高揚感《こうようかん》がいっぱいで、自分の強さを疑《うたが》っていませんでした。ぜったいに逃《に》げだして、信じた道を行く、そう決めていました。でもいまは、ひとりではなにも決められず、無力さしか感じません。

ここは自由、とエマはいいました。自由という言葉を、これほど空っぽに感じるとは思いもしませんでした。前は火のように心を熱くしてくれたのに、いまは風のように吹《ふ》きすさんで心がスースーします。ラナは泣きながら、何度も湯をかぶりました。

よごれを洗《あら》い落《お》としてさっぱりしたら、ラナは少しだけ気持ちがすっきりしました。泣くだけ泣いたせいか、重い服を脱《ぬ》いだせいか、体も心も軽く感じます。エマに渡《わた》されたカラフルな服はゆったりとしてどこもしめつけず、のびのびさせてくれました。

「パジャマみたいな服だなあ」

ジャミルもおなじ服を着ています。なじみのない格好《かっこう》をさせられて不満そうです。

「すぐに乾《かわ》くわ」

洗濯物《せんたくもの》を干《ほ》しながら、エマは答えました。

「乾《かわ》いたら着替《きが》えればいい。ジュースでも飲む？」

エマはザクロのジュースといっしょにチーズパイも出してくれました。

「ちがう料理もあるんだ！」

ジャミルもラナも大よろこびで手をのばしました。白いチーズをはさんだパイはエマのお手製《てせい》です。

「おいしい！　こんなパイもあるって知ってたら、ミハイルもきっとここに残ったよ」

ミハイルが出ていったのは毎日おなじ料理を食べさせられるからだ、とジャミルは思いこんでいました。それをきいて、エマは笑いました。

「毎日おなじものを食べるのは、わたしだってごめんだわ」

食べるとまた眠《ねむ》くなってきて、ジャミルは大きなあくびをしました。

「わたしは昼寝《ひるね》をするけど、どうする？」

エマがふたりにききました。

「ぼく、フープーに会いたいんだ」

「フープーに？」

思いがけないことをきいたようにエマは首をかしげました。

ジャミルがまじめな顔でうなずくと、おかしそうに笑いました。

「でも、町の人はみんな昼寝《ひるね》してるわよ」

「フープーも？」

「たぶんね。午後は暑くて外を歩けないもの。だれかに会いたいなら、昼寝《ひるね》のあとにしたら？」

「そうしようかな。ぼく、フープーに会いたかったけど、フープーがお昼寝《ひるね》してるなら、ぼくもそうしようっと」

エマは布団《ふとん》を三枚《まい》ならべて敷《し》きました。

「だれがまん中で寝《ね》る？」

「ぼく！」

ジャミルがまっ先に布団《ふとん》に飛びこみました。ラナとエマはジャミルをはさんで両脇《りょうわき》の布団《ふとん》に横になりました。外は暑くても、湿度《しつど》がないので、家の中はひんやりすずしく感じます。乾《かわ》いたシーツは気持ちよくて、三人ともすぐに寝入《ねい》ってしまいました。

「さあ、起きて。着替《きが》えたら出かけるわよ」

昼寝《ひるね》から起きると、洗濯物《せんたくもの》はパリパリに乾《かわ》いていました。ジャミルは自分のジーンズとT

シャツに着替《きが》えましたが、ラナはエマのワンピースのまま出かけることにしました。スカーフをしないで外に出るなんて、別人になったかのようです。

「フープーのところに行くの？」

ジャミルがきくと、エマは首をふりました。

「泉《いずみ》の館よ。この町に来たら、まずは泉《いずみ》にお参りしないと」

土壁《つちかべ》にはさまれた路地を歩きながらエマは話しました。

「ここは沙漠《さばく》のオアシス。ここに町ができたのは、泉《いずみ》があるからなの。沙漠《さばく》の地下を流れてくる、甘《あま》くておいしい水よ。泉《いずみ》の水があるから、料理や洗濯《せんたく》ができるし、庭で花を育てることもできる」

「大切な場所なんだ」

「ええ、町でいちばん大切な場所」

迷路《めいろ》のような路地から、小さな広場に出ました。正面に塔《とう》がそびえたっています。見あげると、とんがり帽子《ぼうし》のような屋根の青いタイルが、日差しを反射《はんしゃ》してきらめいています。砂色《すないろ》の町でゆいいつ、青い屋根の塔《とう》、それが泉《いずみ》の館でした。

「エマ、新しく来た子？」

泉《いずみ》の館の前で声をかけてきたのは、小柄《こがら》なおばあさんでした。頭からかぶっている大きな白い布《ぬの》は、いちめん白糸で刺《し》しゅうがしてある美しいものでした。

「ええ、ラナとジャミルよ」

「そう、よく来たわね。しっかりお参りしていってね」

おばあさんはそういって、白くて細長い布切《ぬのき》れを、ふたりに手渡《てわた》しました。そして、連れだって泉《いずみ》の館に入っていきました。

中に入ると地下へと階段《かいだん》がのびていて、ひんやりとした地下には貯水槽《ちょすいそう》がありました。キャラバンサライの中にあった貯水槽《ちょすいそう》とおなじですが、ちがっていたのは、貯水槽《ちょすいそう》のまわりを格子《こうし》の柵《さく》が取りかこんでいることでした。柵《さく》には無数の白い布切《ぬのき》れが結びつけてあって、ドーム型《がた》の天井がおおっていました。

柵《さく》に近づいていくと、下の方に水の出る口があり、だれもがその水を両手にためて飲んでいます。そのあと格子《こうし》に白い布《ぬの》を結びつける人もいました。

「願い事がある人は、ああやって布《ぬの》を結びつけるの。あなたたちもどう？」

おばあさんがいいました。

「やるよ！　ぼく、おばあちゃんの家に行けますように、ってお願いする」

ジャミルはすぐに布切《ぬのき》れを格子《こうし》に結びつけました。ラナはこまってしまいました。なにをどうお願いすればいいかわかりません。

「いまじゃなくてもいいのよ。お願いしたいことができたら、またここに来ればいい。それまで取っておいて」

エマはそういって、白い布切《ぬのき》れをラナの手首に結んでくれました。

泉《いずみ》の館を出て、おばあさんと別れると、ジャミルはエマを急《せ》かしました。

「さあ、次はフープーのところに行こう」

「フープーに会って、どうするの？」

エマはあまり乗り気でないようでしたが、ジャミルはおかまいなしです。

「おばあちゃんのところに連れていってもらえるように、竜《りゅう》にたのんでほしいんだ。竜《りゅう》はフープーのいうことならきくんでしょ？」

エマはちょっとおどろいたように、ジャミルの顔をまじまじと見ました。

「それ、だれからきいたの？」

「キャラバンの隊長だよ。フープーは見張《みは》りの塔《とう》にいる、って教えてくれたんだ」

「赤ひげ隊長ったら……たしかに、竜《りゅう》はフープーのいうことをきく、っていわれているけど……」

口ごもってしまったエマの顔を、ジャミルは心配そうにのぞきこみました。

「けど？」

「フープーはマジュヌーンのいうことしかきかない、ともいわれてる」

「マジュヌーン？」

「見張《みは》りの塔《とう》の主よ」

ジャミルとラナは顔を見あわせました。

「あの人かな？」

ジャミルにきかれて、ラナはうなずきました。塔《とう》の上から「おーい」と呼《よ》びかけてくれた人。大きく手をふってハンカチをはためかせた人。きっとあの人のことです。

「それなら、ぼく、マジュヌーンにたのんでみる」

ジャミルはすぐに考えを変えました。

「マジュヌーンに話して、フープーにたのんでもらう。ぼくをおばあちゃんの家に連れていって、って」

ジャミルの考えがたどりつく先は決まっています。答えを出すのはたやすいことでした。迷《まよ》いもためらいもありません。

「さあ、見張《みは》りの塔《とう》に行こう」

次々と決めていけるジャミルの単純《たんじゅん》さが、ラナはうらやましくなりました。

4章　見《み》張《は》りの塔《とう》

泉《いずみ》の館の広場には人が出ていましたが、そこからはなれるにしたがって人通りは少なくなります。町はずれにある見《み》張《は》りの塔《とう》まで来ると、人の姿《すがた》はありませんでした。日干《ひぼ》しレンガを積みかさねた重厚《じゅうこう》な壁《かべ》が、三人の前に立ちはだかっています。遠くからながめるよりずっと迫《せま》りくるものがありました。

「ここが見《み》張《は》りの塔《とう》よ。マジュヌーンはあの上にいるの」

エマが目を向けた先を、ラナとジャミルは見あげました。

「高いなあ。この町でいちばん高い？」

「そうねえ、泉《いずみ》の館の屋根とおなじくらいかしら」

泉《いずみ》の館の屋根は、空をつきさす鉛筆《えんぴつ》の先のようでしたが、こちらは大砲《たいほう》の筒《つつ》のようにどっしりしています。ゆるやかな曲線をえがく壁沿《かべぞ》いに歩いて、小さな門にたどりつくと、エマはその門から中に入りました。ラナとジャミルもあとに続きます。

塔《とう》の中は空っぽでした。ひろびろとした円い砂地《すなじ》を、日干《ひぼ》しレンガの壁《かべ》がぐるり取りまいているだけ。巨大《きょだい》な筒《つつ》の底にぽんと放りこまれた感じです。

「なんにもないの？」

ジャミルが意外そうにききました。これだけ立派《りっぱ》な塔《とう》なら、中になにかあると期待していたのです。

「ないわ。むかしはあったのかもしれないけど」

エマは答えて、少し先の壁《かべ》を指さしました。

「あそこに階段《かいだん》があるんだけど」

壁《かべ》とおなじ色のため、そこに階段《かいだん》があるとすぐにはわかりませんでした。壁《かべ》に貼《は》りつくように大きく螺旋《らせん》を描《えが》いています。手すりもない螺旋階段《らせんかいだん》を目でたどっていくと、はるか上の方にバルコニーのようなものがありました。ここにも手すりはなく、壁《かべ》に一周ぐるりと貼《は》りついた細い廊下《ろうか》のようです。その廊下《ろうか》に沿《そ》って、明かりとりのような小さくて細長い窓《まど》があいだをあけてならんでいました。

「あの窓《まど》は？」

「のぞき窓《まど》よ。むかしは矢を射《い》るための窓《まど》だったんでしょうね」

「矢を射《い》るって、だれに？」

「敵《てき》よ。ここは砦《とりで》だったの。敵《てき》にかこまれたら、この中にこもったのよ」

空っぽの塔《とう》の中に、町の人たちが立てこもった時代があったのです。いまはガランとしたぬけ殻《がら》、廃墟《はいきょ》になっていました。

「いまはあの窓《まど》からマジュヌーンが、竜《りゅう》が来るのを見張《みは》ってるの」

「マジュヌーンひとりで？」

「フープーもいっしょ、ってきいてるけど……」

エマはしまいまで答えず、上に向かって声を張《は》りあげました。

「マジュヌーン！」

エマの声は壁《かべ》にはね返って、「ヌーンヌーンヌーン」と反響《はんきょう》しました。ジャミルはそれをおもしろがってまねして呼《よ》びかけました。

「マジュヌーン！」

「ヌーンヌーンヌーン」とひびく声の中に、黒いシルエットがうかびあがりました。窓《まど》を背《せ》に、こちらを見おろしています。髪《かみ》は長く、マントのようなものをはおっています。顔は陰《かげ》になってわかりません。

「ジャミルが話をしたいって！」

エマが声を投げかけても、マジュヌーンはだまったままです。

「ジャミルってぼくだよ！　マジュヌーンにお願いがあるんだ！」

ジャミルも大きな声でいいましたが、返事はありません。

「マジュヌーン、おりてきて！」

ジャミルがさけぶと、マジュヌーンはハンカチを大きくふりました。

「こっちにおいで」

返ってきたのは、子どもの声でした。

「ぼく、行ってくる」

ジャミルは階段《かいだん》に向かって走りだしました。エマとラナもあとを追います。ところが近づいてみると、階段《かいだん》は地面についていないではありませんか。くずれてしまったのか、一番下の段《だん》は、ジャミルが手をのばしてなんとか届《とど》く高さでした。

「これじゃあ、のぼれない」

ジャミルがくやしそうに唇《くちびる》をかみました。

「のぼれても、あぶないわ。階段《かいだん》の幅《はば》はせまいし、手すりもないもの」

エマがいうとおりです。こんな階段《かいだん》をあんな高いところまで、マジュヌーンはどうやってのぼったのでしょう。ふみ外したら、まっ逆《さか》さまに落ちてしまいます。ラナは怖《こわ》くて、とてものぼる気になれません。たとえのぼれたとしても、おりてくるのはもっと怖《こわ》そうです。

「マジュヌーン、おりてきてよ！」

ジャミルは泣きそうな声を張《は》りあげました。

「こっちにおいで」

マジュヌーンはハンカチをふり返すだけ。動く気配はありません。エマがジャミルの肩《かた》にそっと手を置きました。

「出直しましょう」


「マジュヌーンはいつも塔《とう》の上にいるの？」

見張《みは》りの塔《とう》をあとにして歩きながら、ラナはエマにききました。

「そうみたい。わたしもよく知らないの。あの上までのぼった人はいないのよ」

「食事はどうしてるの？」

「食べないみたいなの」

それをきいて、ラナもジャミルもびっくりしました。

「なんにも？」

「ぜんぜん？」

エマはいいわけするように答えました。

「水は届《とど》けてるわ」

水だけは、毎朝エマが水差しに入れて運んでいるといいます。

「食べ物を入れたかごを置いても、手をつけられてたことがないの」

「マジュヌーンはお腹《なか》すかないのかなあ」

ジャミルがふしぎそうに首をかしげました。

「水だけで生きていける？」

ラナにも信じられません。

「水差しの水だって残ってることが多くて、はじめのうちはわたしも心配してたのよ。でも、マジュヌーンはあのとおり元気でしょ。さすが、竜使《りゅうつか》いね」

「竜使《りゅうつか》い？」

「そうきいてるわ。竜《りゅう》をあやつることができるのよ。竜《りゅう》が飛んできたら、おとなしく眠《ねむ》らせて、キャラバンを地上におろしてくれる。いつ来るかわからない竜《りゅう》を、塔《とう》の上で見張《みは》っていてくれるの。この町にはなくてはならない存在《そんざい》よ」

エマはマジュヌーンのことをそう説明しました。

竜使《りゅうつか》いときいてラナは少し怖《こわ》くなりましたが、ジャミルはがぜん興味《きょうみ》を持ったようです。

「すごいや。マジュヌーンは竜使《りゅうつか》いだから、フープーもいうことをきくんだ。あしたの朝、水差しを取りに階段《かいだん》をおりてくるんだね？　ぼくもいっしょに行くよ」

ジャミルがいうと、エマは首をふりました。

「おりてくるかどうか、わからないわ」

「わからない？」

「おりてくるのを見たことないの。だれもいないときに来るみたい」

ジャミルはがっくり肩《かた》を落としました。

「どうしたらマジュヌーンにお願いできるかなあ……」

「手紙を書いたら？」

ラナはふと思いつきました。

「おばあちゃんの家に連れていってほしい、フープーから竜《りゅう》にたのんでほしい、って手紙に書こうよ。水差しといっしょに置いておけば、マジュヌーンが読んでくれるんじゃないかな？」

われながらいい考えだと思いましたが、ジャミルはうつむきました。

「ぼく、まだ字が書けないんだ」

「わたしが書いてあげる」

「でも、うちには紙もペンもないわ」

エマがこまったようにいいました。

「ここでは紙は貴重《きちょう》なの。大事なことにしか使えない」

「大事なことだよ」

ラナはいい返しました。ジャミルの願いをかなえられるかどうか、運命がかかっているのです。

「紙ならわたしが持ってる。リュックにノートが入ってるから、一枚《まい》ちぎって書いてあげる」

エマの家にもどると、ラナはリュックの中身をひろげました。

着替《きが》えの下着と靴下《くつした》、歯ブラシと歯みがき、スプーンとフォーク、ノートとペンケース、ハンカチとかぜ薬、水筒《すいとう》と本が一冊《さつ》。持っているものはそれだけです。お金もありますが、ここでは役に立ちそうにありません。

ラナはノートとペンケースを持って、中庭で待っていたジャミルのところにもどりました。

「さあ、書こうか。ジャミル、なんて書く？」

「じゃあ、ぼくが話すから、そのとおりに書いて」

ジャミルはこんなふうに話し、ラナはそのまま文字をつづりました。


マジュヌーンにお願いがあります。ぼく、ジャミルは、おばあちゃんの家に行きたいので、竜《りゅう》が来たらたのんでください。竜《りゅう》はフープーのいうことをきいて、フープーはマジュヌーンのいうことをきく、ときいたので、マジュヌーンにお願いします。


短い手紙ですが、ジャミルがいいたいことはこれがすべてでした。

ラナは書いた手紙をエマに見せました。

「なに？　これ文字なの？　模様《もよう》みたい」

ラナが書いた文字を、エマは読めませんでした。エマが知っている文字とちがうといいます。

いかないようです。

「でも、マジュヌーンは読めるかもしれないから、渡《わた》してみましょう」

エマはそういってくれましたが、ラナは不安になりました。話は通じても、文字はそうはいかないようです。

日が落ちて、暗くなった中庭に、エマがランプを持ってきました。

「ジャミル、そろそろ寝《ね》る？」

「まだ、眠《ねむ》くないよ」

「お昼寝《ひるね》したものね。じゃあ、もう少しおしゃべりしましょうか」

ザクロジュースを飲みながら、昼間のパイの残りをつまむことにしました。

「ジャミルのおばあちゃんの家って、どんなところなの？」

エマが興味深《きょうみぶか》そうにききました。

「そんなに行きたいなんて、きっといいところなんでしょうね」

「うん、とってもいいところだよ」

ジャミルは口いっぱいにパイを頬張《ほおば》りながら答えました。

「おばあちゃんの家は、田舎《いなか》にあるんだ。ぼくが住んでるアパートは町にあって、人も車も多くてごちゃごちゃしてるけど、おばあちゃんの家のまわりは静かだよ。オリーブの林があって、風が吹《ふ》くと葉っぱのさわさわする音がきこえてくるくらい。

でも、家の中はにぎやかなんだ。お休みの日の朝は、みんながおばあちゃんの家に集まるからね。ぼくたちだけじゃなくて、おじさんやおばさん、いとこたちもみんな来て、いっしょに〈お休みの日の朝ごはん〉を食べるんだ」

「どんな朝ごはんなの？」

「おばあちゃんが作ったジャムがいっぱい。イチゴでしょ、アンズでしょ、イチジク、桑《くわ》の実、あとナスのジャムも」

「ナスのジャム？　見たことないわ」

「金色ですごくきれいだよ。それにすごくおいしいんだ」

「そんなにいろんなジャムがあったら、どれを食べるか迷《まよ》っちゃうわね」

「ジャムだけじゃないよ。ハチミツや生クリームもパンにぬって食べるんだ。白いチーズや黄色のチーズ、黒いオリーブや緑のオリーブ、ひよこ豆と練りゴマを混《ま》ぜたのや、ハーブのオムレツや、チーズを巻《ま》いた揚《あ》げロール、トマトやキュウリやスイカやメロンも」

「そんなにいろいろ？」

トマトやスイカの赤、キュウリやオリーブの緑、チーズやオムレツの黄色、ハチミツやナスのジャムの金色、色とりどりの食卓《しょくたく》がラナの目にうかびました。

「みーんなおばあちゃんが用意してくれるんだ」

「すごいわねえ」

「庭に長いテーブルを出して、おばあちゃんが花の模様《もよう》を刺《し》しゅうしたまっ白なクロスをかけて、その上に料理のお皿をいっぱいならべてさ。あいたところには、庭からもぎってきたブドウやモモを置いたりしてね」

「朝からパーティーね」

「お休みの日だから特別だよ。朝ごはんっていっても、はじめるのは昼くらいで、夕方までかけておしゃべりしながら食べるんだ。もうお腹《なか》いっぱいっていいながら、大人たちは食べ続けてた。ぼくたち子どもたちは途中《とちゅう》で脱《ぬ》けだして、オリーブの林を走りまわって遊んで、お腹《なか》をへらしてからまた食べるんだ」

「いいわねえ」

エマが心からうらやましそうな声を出しました。

「そんなところなら、ジャミルが行きたいのもむりないわね」

ラナもそう思いました。ジャミルの話をきいていると、食卓《しょくたく》をかこむみんなの笑い声まできこえてくる気がします。

「ぼく、おばあちゃんが大好きだし、おばあちゃんもぼくのこと大好きなんだ。いつだってぼくの好きなものを作って待っていてくれるんだ。だから、行かないと……」

ジャミルは空を見あげて、大きなため息をつきました。

「おばあちゃんも星を見てるかなあ……」

空には無数の星がきらめいていました。この星空を、国に残った両親や、はなればなれになった友だちも見ているのだろうか、とラナも思いました。

「きっと見てるわ」

エマがいいました。

「おばあちゃんも星を見てるし、星もおばあちゃんを見ていてくれる」

そういって、ジャミルの肩《かた》を抱《だ》きよせました。

5章　土をこねる

次の日、朝食をすませたあと、エマは水差しを手にしていいました。

「さあ、見張《みは》りの塔《とう》に行きましょう」

「それ、水差し？」

変わった形の水差しを見て、ラナはききました。輪になった筒状《つつじょう》で、下に短い脚《あし》が、上に注ぎ口と取っ手がついています。泉《いずみ》の館の屋根とおなじ、つややかな明るい青です。

「マジュヌーン専用《せんよう》の水差しよ」

「車のハンドルみたい」

ジャミルはおもしろそうに笑いました。

「それに、あまり入らなそう」

「コップ三杯《ばい》分よ」

「それで一日分？」

ラナがおどろくと、エマは笑いました。

「忘れたの？　マジュヌーンは竜使《りゅうつか》いよ。それよりラナ、手紙は？」

ラナが手紙を渡《わた》すと、エマはそれを細く折りたたんで、水差しの取っ手に結びつけました。

「じゃあ、行きましょうか」

「水は？」

「いつも塔《とう》のそばの水くみ場でくんでるの」

町には路地のところどころに小さな水くみ場があり、地下水をくめるようになっていました。エマの家には井戸がありますが、水くみ場から家まで水を運ぶ人もいます。見張《みは》りの塔《とう》の手前の水くみ場にも、大きな水壺《みずつぼ》に水をくんでいる男がいました。

「おはよう、ハリド」

エマがあいさつすると、ハリドはひげもじゃの顔をこちらに向けました。頭にはターバンを巻《ま》いて、ダブダブのズボンに腹巻《はらま》きのような帯をしめています。

「お客さんか？」

「そうよ。ジャミルとラナっていうの」

「お客さんがこんなところになんの用だ？」

「ぼく、マジュヌーンにお願いがあって来たんだ」

ジャミルがいうと、ハリドは太い眉《まゆ》をよせて首をふりました。

「お願いなら泉《いずみ》の館でしろ」

「したよ」

ジャミルはハリドを見上げていい返しました。

「泉《いずみ》の館でも布《ぬの》を結んでお願いしてきた。でも、ぼくの願いをかなえてくれるのは、マジュヌーンなんだ。たのみをきいてもらえるように、手紙を書いて持ってきたんだよ。ほら」

ジャミルはエマがさげている水差しを指さしました。取っ手に結びつけた手紙を見て、ハリドは目を見ひらきました。

「紙じゃないか。チビ、おまえが書いたのか？」

「チビじゃない、ジャミルだよ。ぼくは書けないから、ラナが書いてくれたんだ」

「おまえが？　この紙はおまえのか？」

ラナがおどおどとうなずくと、エマがかわりに説明してくれました。

「自分の帳面から一枚《まい》ビリって破《やぶ》いて、ジャミルがいうことを書いてくれたのよ。貴重《きちょう》な紙なのに、大事なことだからっていって」

「ほう、それで、エマはその手紙を読んだのか？」

エマは肩《かた》をすくめてみせました。

「ぜんぜん読めなかった。知らない文字だったの」

「おれにも見せてくれないか？」

ハリドにきかれて、ラナはジャミルを見ました。文字を書いたのはラナですが、手紙の文面はジャミルのものです。「どうする？」と目配せすると、ジャミルはハリドに向かっていいました。

「見せてもいいけど、そしたらぼくのこと、手伝ってくれる？」

「なにを手伝えっていうんだ？」

「マジュヌーンがぼくのお願いをきいてくれるように、手伝ってよ」

「よし、手伝ってやる」

ハリドは水壺《みずつぼ》を地面に置いて、手のよごれを払《はら》ってから、とても大事なもののように手紙を受けとってひろげました。

「読めねえな」

ひと目見て残念そうにいいました。

「見たことある文字だけど、読めねえ。おれはいろんな文字を見て知ってはいるけど、読め

るのはひとつだけ。書く方は自信がねえ。それをこんなにきれいに、すらすら書くなんて、ラナはたいしたもんだ。で、なんて書いてあるんだ?」

「マジュヌーンからフープーにたのんでもらいたいんだよ」

「フープーに?」

ハリドはおどろいて太い眉《まゆ》をあげ、エマに目をやりました。

「キャラバンの隊長にきいたんですって。この塔《とう》にフープーがいるって」

エマが苦笑《にがわら》いすると、ハリドはチッと舌打《したう》ちしました。

「赤ひげ隊長もしょうがないなあ。で、フープーになにをたのむんだ?」

「ぼくをおばあちゃんの家に連れていくように、竜《りゅう》に伝えてもらいたいんだ。竜《りゅう》はフープーのいうことならきくんだって」

「ジャミルはおばあちゃんの家に行きたい、ってことだな?」

「そうだよ。だから手伝ってよ」

「よし、わかった。おれからもマジュヌーンにたのんでやるよ。で、ラナは? どこへ行きたいんだ?」

ハリドにきかれて、ラナはもじもじしながら答えました。

「わたしはまだ……決められなくて……」

「そうか、決めてないのか。それならおれの工房《こうぼう》に来いよ」

「工房《こうぼう》って？」

「焼き物を作ってるんだ」

得意《とくい》そうにいいました。

「エマの工房《こうぼう》では縫《ぬ》い物《もの》をしてるけど、陶芸《とうげい》の方がおもしろいぞ」

「もう、そんな話はあとにして。ハリド、わたしにも水をくませてよ」

エマは水差しに水を入れると、取っ手に手紙を結び直しました。

「じゃあ、行くか」

ハリドが水壺《みずつぼ》を持ちあげて、塔《とう》の門に入っていきました。ラナたちもあとに続いて門をくぐり、壁沿《かべぞ》いに階段《かいだん》の下まで歩きました。

昨日は気がつきませんでしたが、壁《かべ》には階段《かいだん》に沿《そ》ってところどころ穴《あな》のようなくぼみがあって、いちばん下のくぼみに青い水差しが置いてありました。エマはそれをどかして、くみたての水が入った水差しをかわりに置きました。

「むかしはこのくぼみにロウソクかランプを置いたんでしょうね。いまはこの水差しを、お供《そな》えみたいに置いてる」

「エマが来られないときは、おれが置いてるんだ」

ハリドはそういって、階段《かいだん》の上に向かって呼《よ》びかけました。

「マジュヌーン、水を持ってきたぞ」

ハリドの声をきいて、マジュヌーンが姿《すがた》をあらわしました。

大きく手をふって、ハンカチをひらひらさせています。

「手紙を結びつけたから、読んでみて」

エマがいうと、ジャミルも声を張《は》りあげました。

「ぼくのお願いを、ラナが書いてくれたんだ。読んでね！」

すると、ハリドがまた大声でいいました。

「ジャミルはおばあちゃんの家に行きたいんだ。フープーに教えてやってくれ。竜《りゅう》にたのんでやってくれ」

手紙に書いたことをそのまま伝えてしまいました。

「これでよし。マジュヌーンが文字を読めなくても、手紙に書いたことは伝わったぞ」

「それなら書かなくてもよかった」

ラナが口をとがらせると、ハリドはとんでもないという顔をしました。

「なにいってるんだ。手紙をもらってよろこばないやつはいないぜ。口でいうより、手紙で伝える方がよっぽど価値《かち》がある。大事なことだって、マジュヌーンにもわかるさ」

ハリドの工房《こうぼう》は見張《みは》りの塔《とう》の近くにありました。「寄《よ》っていけ」といわれて、ラナとジャミルは工房《こうぼう》を見学することにしました。

「わたしも工房《こうぼう》に行かなくちゃ。ハリド、ふたりをちゃんとうちまで送ってね」

エマはふたりをハリドにあずけて帰りました。

工房《こうぼう》のまわりの空き地には、天日干《てんぴぼ》ししている壺《つぼ》が大小いくつもならんでいます。中に入ると焼いた鉢《はち》や皿が積みあげられていました。ほとんどは素焼《すや》きで、色がついているのはどれも青い色です。人の姿《すがた》はありません。

「だれもいないの？」

ジャミルがふしぎそうにききました。

「ああ、おれひとりだ」

ハリドはそう答えながらも胸《むね》を張《は》りました。

「おれはガキのころ、そうだな、ラナとおなじくらいのころ、ここに来たんだ。そのときこの工房《こうぼう》には師匠《ししょう》がいた。おれは弟子《でし》になって、一から教わって腕《うで》をみがいてきた。だが、師《し》匠《しょう》も年をとって亡《な》くなって、いまはおれが工房《こうぼう》を守ってる」

自分とおなじ年ごろからはじめたときいて、ラナは興味《きょうみ》を持ちました。

「何年くらいやってるの？」

「十年になるかな」

ラナとおなじころ、十二歳《さい》ごろに弟子入《でしい》りしたとして、ハリドは二十代前半です。顔も着ている服もよごれていますが、焼き物のことを語る目は、黒曜石《こくようせき》のようにキラキラしていました。

「焼き物は暮《く》らしに必要だ。水をためておく壺《つぼ》や、料理を入れる鉢《はち》や皿がなくちゃこまるだろう。それに、竜《りゅう》のキャラバンものせていく」

「キャラバンも？」

「こいつをね」

ハリドはドーナツ型《がた》の青い水差しを持ってきました。

「あれ、マジュヌーンのとおなじだ」とジャミルがいい、

「マジュヌーン専用《せんよう》って、エマはいってたけど」とラナもいいました。

ハリドはうなずきながら答えます。

「マジュヌーンの水差しはもともとここにあった古いもので、こっちは師匠《ししょう》がまねして作ったんだ。そしたらキャラバンの隊長が、これに水をくんで持っていくようになってね」

最初は自分たちのために持っていったのですが、だんだんたくさん積んでいくようになっ

たといいます。

「ここの水は特別だから、あちこちに欲《ほ》しい人がいるらしい」

「特別な水？」

「おう、そうよ。沙漠《さばく》にある奇跡《きせき》の水、ありがたい命の水さ。これさえ飲めば、どんな病気も治るし、死にかけた人も生き返る」

「ほんとう？」

「ほんとうさ。だからこの水と引きかえに、食べるものでもなんでも持ってきてもらえるんだぜ」

ハリドは片目《かため》をつぶってみせました。

「さあ、せっかく来たんだ、ちょっと土をいじっていきな」

ハリドはラナとジャミルに土の玉を渡《わた》しました。

「こいつをこねて、好きな形にしてみろ。鉢《はち》や皿じゃなくてもいい」

「ネコでもいい？」

ジャミルがききました。

「いいぞ。ジャミルはネコが好きなのか？」

「うん。おばあちゃんの家にはネコが三匹《びき》いたんだ。白と黒と砂色《すないろ》のネコだよ」

「じゃあ、その三匹《びき》を作ってみろ」

ハリドは土の玉をもう二つ、ジャミルの前に置きました。

「ラナはなに作る？」

「どうしようかなあ……」

迷《まよ》っていると、ハリドがいいました。

「むりに作らなくたっていい。形にしなくても、土をさわるだけでも気持ちいいぞ」

ジャミルはさっそくネコを作りはじめましたが、ラナはただ土をこねるだけでした。それでもハリドがいったとおり、土にふれていると、もやもやしていたものが吸《す》い取られていきます。ラナはなにも考えず、ひたすら土をこねつづけました。

6章　おしゃべりな布《ぬの》

ふたりはハリドの工房《こうぼう》に通うようになりました。ジャミルはネコを作るのに夢中《むちゅう》です。ラナはエマの工房《こうぼう》にも行ってみました。ジャミルは縫《ぬ》い物《もの》には興味《きょうみ》を示《しめ》さず、ラナだけ連れていってもらいました。

「わたしたちの工房《こうぼう》はバザールにあるの」

ラナのふるさとの町にもバザールがありました。食べものから服や靴《くつ》まで、いろんなものがそろう市場で、いつも買い物客でごった返していました。そんなバザールを想像《そうぞう》していたら、連れていかれたのは、屋根におおわれたうす暗い通りでした。扉《とびら》をしめた店が軒《のき》を連ねて、人の姿《すがた》はありません。

「むかしはにぎわっていたんでしょうね。いまはどの店も空き家よ。でも、裏手《うらて》の工房《こうぼう》にはいろいろ残っていて、わたしたちはそこを使っているの」

角を曲がると、物音がきこえてきました。音のする方を見ると、そこだけ屋根がくずれて明るくなっています。近づいていくと、扉《とびら》をあけた店に人がいました。

「おはよう、みんな、紹介《しょうかい》するわ。新しく来たラナよ」

店にいた四人がいっせいにラナに目を向けました。

「やったあ、兄ちゃん、仲間が来たよ」

男の子がうれしそうに声をはずませると、となりにいた青年はそっけなくいいました。

「まだわかんねえ。そうだろ、エマ？」

エマはうなずいて答えました。

「今日は見学よ。ラナは来たばかりで、ここに残るかどうかわからないの」

「なあんだ。せっかくウェイウェイの代わりが来たと思ったのに」

男の子はつまらなそうに口をとがらせました。「そんなこといわないの」とエマは男の子の髪《かみ》をくしゃくしゃっとなぜました。

「ウェイウェイの代わりなんていないよ」

奥《おく》の方で柄物《がらもの》の布《ぬの》を頭からかぶった女の人がピシッというと、ラナの目の前にいたメガネをかけたおばあさんもうなずきました。

「だれもだれかの代わりにはならないさ」

「あっ」

ラナははっとしました。泉《いずみ》の館の前で白い布切《ぬのき》れをくれたおばあさんです。おばあさんはメガネをはずして、ラナににっこり笑いかけました。

「よく来たね」

ラナはこっくりうなずいて、エマの方を向きました。

「あの、ウェイウェイって？」

「この前この町を出ていった子よ。ラナとジャミルが乗ってきた竜《りゅう》に乗って」

「親子で出ていった人？」

「そうよ。この町で子どもを産んで、三歳《さい》になったばかりのその息子《むすこ》を連れて、行っちゃったの。ここでいっしょに縫《ぬ》い物《もの》をしてたから、みんなさびしくてしょうがないのよ」

「そうだよ。みんなでかわいがってたのにさあ」

男の子が文句《もんく》をいうと、奥《おく》の女の人もなつかしそうにいいました。

「おむつを縫《ぬ》ったり、子供服《こどもふく》を縫《ぬ》ったり、楽しかったよねえ」

「この町で赤《あか》ん坊《ぼう》が生まれるなんて、はじめてのことだったからねえ。来たばかりのころのウェイウェイは、お腹《なか》の赤《あか》ん坊《ぼう》をどうしたらいいかわからなくて泣いてばかりいたのに、立派《りっぱ》に産んで、よく育てたよ。わたしたちも世話をさせてもらって、毎日が楽しくて……でも、ウェイウェイが帰ると決めたんだ。決められるほど元気になったんだ。それでよかったんだ

よ」

おばあさんはメガネの奥《おく》の目を涙《なみだ》でにじませながら何度もうなずきました。

「帰りたがっていたジャングルに着いたかなあ」

男の子がいうと、おばあさんがきっぱりと答えました。

「着いたとも。ふるさとの緑を息子《むすこ》に見せたいって、あれほど願っていたんだ。みんなで泉《いずみ》の館に行って、布《ぬの》を結んでお祈《いの》りしたんだ。竜《りゅう》が連れていってくれたにちがいない」

「さまよえる竜《りゅう》はどこに行くかわからないんだよ」

「それでもウェイウェイは竜《りゅう》に乗ったんだ。自分の力で願いをかなえるさ」


縫《ぬ》い物工房《ものこうぼう》では、みんなそれぞれちがう仕事をしていました。

おばあさんと女の人は針《はり》で刺《し》しゅうをしていました。兄弟の兄の方は版木《はんぎ》に模様《もよう》を彫《ほ》っていて、弟の方がそれを布《ぬの》に押《お》していました。エマはミシンを使って、布《ぬの》を服や袋《ふくろ》に仕立てています。

「ミシンはここに置いてあったの。古いものだけど、ちゃんと動くのよ」

「針《はり》やハサミ、布地《ぬのじ》や糸もあったんだ。わたしがそれを見つけて、縫《ぬ》い物《もの》をはじめたんだよ。そのうち人がふえて、ミシンを使える人も来て、工房《こうぼう》らしくなってきたんだ。でも、みんな好きなことをしてる。あれをしろ、これをしろ、っていう人はいないからね」

メガネのおばあさんはラナを安心させるかのようにいいました。

「版木《はんぎ》も前からあったんだよ。でも、目をつけたのは兄ちゃんが最初なんだ」

男の子が自慢《じまん》しました。

「彫《ほ》る道具もあったから、兄ちゃんが彫《ほ》るようになったんだ。前からあったのとはちがう新しい模様《もよう》を、兄ちゃんが考えたんだよ。それに、エマのために『言葉』も彫《ほ》ったしね」

男の子が得意気《とくいげ》に一枚《まい》の布《ぬの》をひろげてラナに見せました。いろいろな模様《もよう》が散らばるまん中に、枠《わく》でかこまれた文字があります。ラナの知らない文字です。

「なんて書いてあるの？」

「人生はキャラバン」

男の子は胸《むね》をはって答えました。

「書いたのはエマだけどね。それをお手本にして、兄ちゃんが彫《ほ》ったんだ」

「わたしのふるさとでは、布《ぬの》に言葉もプリントしてたの。格言《かくげん》やことわざ、流行語、なんでもいいの。そのときの気分、いいたいことを布《ぬの》に残してきた。だから、わたしたちの布《ぬの》は、おしゃべりな布《ぬの》って呼《よ》ばれてるのよ」

エマがそう説明すると、男の子は負けじといいました。

「おれたちの布《ぬの》だっておしゃべりだよ。兄ちゃんの版木《はんぎ》の絵には意味があるんだ。鳥は『歌え』、星は『かがやけ』、花は『咲《さ》きほこれ』って具合さ」

頭から布《ぬの》をかぶった女の人も、手にしている布《ぬの》と針《はり》を持ちあげました。

「わたしの刺《し》しゅうもよ。糸で描《か》いた絵が、いいたいことをしゃべってくれるの」

「縫《ぬ》い物《もの》のいいところはそこさ。いいたいことを代わりにしゃべってくれる。ウェイウェイも縫《ぬ》い物《もの》をするうちに元気になっただろう。口に出していえないことも、布《ぬの》にしゃべらせて発散できたのさ。それで心が整っていったんだよ」

おばあさんはそういうと、メガネを直してまた針《はり》を動かしはじめました。


暑くなる前に工房《こうぼう》を出て、ラナはエマとならんで帰りました。

「縫《ぬ》い物工房《ものこうぼう》には、いろんな人がいるんだね」

年齢《ねんれい》も外見もさまざまな人たちでした。異《こと》なる土地から集まってきたという気がします。

「いろんなところから来た人たちだけど、みんな竜《りゅう》に連れられてきたの。だからこの町は竜《りゅう》の方舟《はこぶね》っていうのよ」

「方舟《はこぶね》って、なに？」

いまさらながら、ラナはきいてみました。町の名前につけられた「方舟《はこぶね》」がどんなものか、わからずじまいだったのです。

「ノアの方舟《はこぶね》って、きいたことない？」

エマにきき返されて、ラナは首をふりました。

「むかし神さまが、大洪水《だいこうずい》が起こるから方舟《はこぶね》を作れ、ってお告《つ》げをしたの。方舟《はこぶね》っていうのは、大きな箱のような船のことよ。神さまのお告《つ》げをだれも信じなかったんだけど、ノアだけが信じて、みんなに馬鹿にされながらも、大きな方舟《はこぶね》を作ったの。ある日とつぜん嵐《あらし》が起きて、大洪水《だいこうずい》におそわれた。人々が水に流されるなか、ノアの方舟《はこぶね》に乗った人や動物だけが助かった。そういう話」

「この町は、ノアの方舟《はこぶね》みたいなもの、ってこと？」

「そうね。竜《りゅう》に助けられた人だけがたどりつける安全な場所よ。ハリドなんか、どこにも行きたくない、ここより安心できる場所はない、っていってるわ」

「でも、ウェイウェイって人は出ていったんだよね？」

「ウェイウェイはもどりたくなったの。ここでぶじに赤ちゃんを産めたから、もといた場所で育てたくなったのね。自分で決めたのよ。ここではだれも、なにも、むり強《じ》いはしないわ。好きにしていいの。工房《こうぼう》でも作りたいものを作ればいい。だから、ラナも自分がしたいようにしてね」

エマにそういわれても、ラナはうなずけませんでした。なにをしたいのか、自分がどうしたいのか、自由にしろといわれるほどわからなくなります。

ジャミルはネコを三つ作りました。ハリドが形を整えるのを手伝って、ジャミルは釘《くぎ》のような道具で、目やひげを描《か》きました。

「できた、できた、おばあちゃんのネコだ」

「よし、表に置いてこい。天日干《てんぴぼ》ししたあとで、窯《かま》で焼いてやる」

ネコができあがると、ジャミルはまたマジュヌーンのことを持ちだしました。

「マジュヌーンは手紙を読んだかなあ。ぼくのお願い、わかってくれたかなあ」

手紙を渡《わた》してから何日もたっています。毎朝水を届《とど》けるたびに呼《よ》びかけても、マジュヌーンはハンカチをふるだけで答えはありません。こうしているうちに竜《りゅう》が来てしまったらどうするのか、ジャミルは心配になってきました。

「おばあちゃんの家がどこにあるか、マジュヌーンにはわからないんじゃないか？」

ハリドは前から気になっていたことを口にしました。

「おばあちゃんの顔だって知らないんだから」

「どうしたらマジュヌーンにわかってもらえると思う？」

「写真でもあれば、見せてやるんだが……」

ハリドがそういうと、ジャミルはがっくり肩《かた》を落としました。写真なんて持っていません。

「絵を描《か》くのは？」

ラナはふと、エマの工房《こうぼう》で、刺《し》しゅうで絵を描《か》いている、といった女の人のことを思い出しました。絵がいいたいことをしゃべってくれる、といっていました。

「おばあちゃんの家での朝ごはんを、絵に描《か》いたらどうかな？」

長いテーブルにいくつものお皿がならんで、おばあちゃんとおおぜいの家族がそれをかこむ様子は、話をきいたときからラナの目にうかんで消えません。オリーブの林を駆《か》けまわる子どもたち、テーブルの下の三匹《びき》のネコ……。

「わたしが描《か》いてみようか？　それをマジュヌーンに見せるの。そしたら、おばあちゃんの家がどんな感じか、少しはわかってもらえるんじゃない？」

「うん、そうだね！」

ジャミルは目をかがやかせました。

「じゃあ、まず、おばあちゃんがどんな顔してるか教えて」

「おばあちゃんは目が大きくて、ちょっと垂《た》れてて、いつも笑ってる感じなんだ。白いスカーフを髪《かみ》にぐるっと巻《ま》いてて……」

「ちょっと待て、これに描《か》いてみろ」

ハリドがこねた土を棒《ぼう》でのばして板にしました。

「ジャミルからきいたことを、ここに絵にして、それから紙に描《か》くといい。紙は大事に使わないと」

ラナは渡《わた》された釘《くぎ》のような道具で、ジャミルのおばあちゃんを描《か》いていきました。「目はもっと垂《た》れてる」とか「眉毛《まゆげ》も垂《た》れてる」とかジャミルに指摘《してき》されるたび、線をうめて描《か》き直します。土の板だと何度も描《か》き直せて便利です。

おばあちゃん、お父さんとお母さん、おじさんとおばさん、いとこたち、ラナはひとりひとりを描《か》いていきました。それからテーブルの上に乗せるものも、ひとつひとつ描《か》いてみました。だれがどこにすわるか、ぶどう棚《だな》がどこにあって、オリーブの林はどのくらいはなれているか。気になることをひとつひとつきいて、土の板の上で一枚《まい》の絵にするのに、何日もかかりました。

それができると、ノートを持ってきて、紙にその絵を描《か》きました。紙にペンで描《か》くと、細い線で細かなところまで描《か》きこめます。

「できた！」

描《か》きあげると、ラナは「どう？」とジャミルを見ました。

「うん。こんな感じだよ。おばあちゃんの家ってわかるよ」

会ったこともない人たち、見たこともない家なのに、描《か》いていくうちにラナはよく知っている場所を描《か》いている気分になりました。

「大したもんだ。ラナは絵がうまいんだな。画伯《がはく》も顔負けだ」

「画伯《がはく》？」

「ああ、画家のじいさんがいるんだよ。ラナが描《か》けなかったら、画伯《がはく》にたのもうと考えていたんだけど、これならだいじょうぶだ、マジュヌーンにもわかるだろう」

「じゃあ、明日マジュヌーンに持っていこう。ラナ、ありがとう！」

ジャミルはうれしそうに笑って、
ラナが描《か》いた絵にいつまでも見入っていました。

7章　風の宮殿《きゅうでん》

　ラナが描《か》いた絵に、マジュヌーンはすっかり魅《み》せられました。沙漠《さばく》を見張《みは》るのも忘《わす》れて、一日中あきることなく見ています。フープーが飛んできてマジュヌーンの肩《かた》に止まり、その絵をのぞきこみました。

「なに見てるの？」

「絵だよ。ラナが描《か》いた。ジャミルのおばあちゃんの家だ」

「ジャミルが行きたいってとこ？」

「そう。おばあちゃんの家で、みんなで朝ごはんを食べてるところだって」

　この絵を持ってきた朝、ジャミルが大きな声でいったことを、マジュヌーンはちゃんと覚えていました。

「おばあちゃんとジャミル、ジャミルの横にいるのがお父さんとお母さん、こっちはおじさんとおばさんで、子どもはいとこたちなんだ。三匹《びき》のネコもいる」

「にぎやかね」

「うん。みんな笑ってるし、ごちそうがいっぱいだ」

「この前の手紙より、この絵の方がよくわかるわ。ジャミルがどこに行きたいか」

マジュヌーンもフープーも文字を読めず、手紙を見てもさっぱりわからなかったのです。

「そうだね。この絵を見たら、どうしてここに行きたいか、ジャミルの気持ちがよくわかる。ここ、すごくいいところみたいだ。フープー、竜《りゅう》が来たら、ここに行くように歌ってあげてよ」

竜《りゅう》になにかたのむには、歌わなければなりません。フープーの歌声が、竜《りゅう》を動かすのです。

「でも、わたしが歌うだけで、竜《りゅう》がおばあちゃんのところに行けるかしら」

ピンポイントでおばあちゃんの家に竜《りゅう》を送るのは難題《なんだい》です。ウェイウェイのときも、ジャングルという大雑把《おおざっぱ》な行き先しか伝えられませんでした。

「おばあちゃんのところ、って強く伝えないと」

「ぼくも歌うよ」

「それでも足りない」

「ジャミルたちが祈《いの》るよ」

「それでも足りない」

「じゃあ、ジャミルが願いをたくしてなにか贈《おく》るのはどうかな？」

「そうね。おばあちゃんのところに行きたいって思いをこめてね」

「なにを贈《おく》ったらいいだろう」

「それは竜《りゅう》の好きなものにかぎるわ」

「でも、竜《りゅう》の好きなものを、ぼくの口からいうのはなぁ」

「風にたのみましょうよ」

「そうか、それがいい！　あの子たちなら、きっと風の声がわかる」


次の日の朝、いつものように水差しを届《とど》けたラナたちが、塔《とう》の上に呼《よ》びかけると、マジュヌーンから思いがけない返事がもどってきました。

「風の宮殿《きゅうでん》に行って」

マジュヌーンから「こっちにおいで」以外の言葉をきくのははじめてです。

「風の知らせをきいて」

なんのことだか、ラナとジャミルにはさっぱりわかりません。

「風の宮殿《きゅうでん》は画伯《がはく》の住まいよ。さあ、すぐに行きましょう」

エマはふたりを連れて風の宮殿《きゅうでん》へと向かいました。

これまで通ったことのない路地を、エマはずんずん歩いていきます。ラナとジャミルにとって、土壁《つちかべ》にはさまれた細い路地は、いまだに迷路《めいろ》でした。目印があるとすれば、金属製《きんぞくせい》のドアノッカー。どの家のノッカーもちがう形で、エマの家の扉《とびら》には手の形のノッカーがついています。そして、風の宮殿《きゅうでん》の扉《とびら》には、竜《りゅう》の形のノッカーがついていました。

「ここよ」

エマは竜《りゅう》のノッカーで扉《とびら》を三回たたきました。しばらくすると、扉《とびら》についたのぞき窓《まど》があいて、大きな目がぎょろりとこちらを見ました。

「画伯《がはく》、わたし、エマよ」

「エマか。なんの用だね」

「マジュヌーンにいわれてきたの。風の知らせをきけって」

「マジュヌーンに？」

扉《とびら》があいてあらわれた画伯《がはく》は、白い口髭《くちひげ》の老人でした。顔にはしわが刻《きざ》まれ、髪《かみ》もうすくなっておでこばかり目立ちます。よれよれの青い上着にちらばる色は絵の具でしょうか。エマのうしろに立つふたりの子どもを興味深《きょうみぶか》そうに見つめました。

「この子たちも、マジュヌーンがよこしたのか？」

「ラナとジャミルよ。ジャミルがマジュヌーンにたのみごとをしたの」

「ふむ。くわしい話をきこうじゃないか」

扉《とびら》をくぐって通路をぬけると、ひろい中庭に出ました。

「池だ！」

ジャミルが声をあげました。中央の大きな池に、ラナも目を見張《みは》りました。長方形の池は水を満々とたたえ、鏡のように日差しを照り返してキラキラしています。これほどの水を目にするのは、この町に来てはじめてでした。

池の両側にはザクロの木がならび、赤い花を咲《さ》かせています。

木々の緑のむこうにはアーチの柱廊《ちゅうろう》があり、その奥《おく》に色あざやかな壁画《へきが》がのぞいて見えました。

「あの絵は？」

ふり返ってきいたラナに、画伯《がはく》はぶっきらぼうに答えました。

「わたしが描《か》いた」

ラナが目を見ひらくと、画伯《がはく》はまんざらでもなさそうに頰《ほお》をゆるめました。

中庭をかこむ長い二辺は柱廊《ちゅうろう》、短い二辺は建物で、日陰側《ひかげがわ》の建物には、アーチ型《がた》の天井におおわれたテラスがあります。そのテラスに、画伯《がはく》は三人を連れていきました。

テラスの奥《おく》の壁《かべ》にも、大きな壁画《へきが》がありました。

「フープーだ！」

ジャミルがうれしそうな声をあげました。

豊《ゆた》かな黒髪《くろかみ》に金色の冠《かんむり》をのせ、眉《まゆ》をつないで、紅《べに》をさし、美しく化粧《けしょう》をしています。胸元《むなもと》

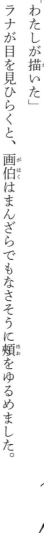

は明るい緑、羽は金色でした。

靴《くつ》を脱《ぬ》いでテラスにあがり、フープーの絵のすぐ前に腰《こし》をおろすと、ジャミルがまたきました。

「このフープーも、画伯《がはく》が描《か》いたの？」

「ああ、そうだ」

「ほんもののフープーの方がかわいいよ。お化粧《けしょう》なんかしてなかった」

「ほんもののフープーを見たのかね？」

画伯《がはく》はおどろいてきき返しました。

「見たよ。竜《りゅう》のそばにいたら飛んできて、おしゃべりしたんだ」

「そいつはめずらしい」

「キャラバンと町の名前を教えてくれたんだ。そうだよね、ラナ」

ラナがうなずくと、エマは目を丸くしました。

「ラナも会ったの？　やだ、わたし、フープーがほんとうにいると思わなかったわ」

「おいおい、わたしが会ったといったじゃないか。信じてなかったのか？」

画伯《がはく》に責《せ》められ、エマはとりつくろうようにいいわけしました。

「だって、わたしは見かけたこともないんだもの。この絵も画伯《がはく》が想像《そうぞう》で描《か》いたとばかり

思ってたわ。まさか、ほんとうにいたなんて……でも、フープーがいてよかった。ジャミルをだましてるみたいで気がとがめていたのよ」

エマは苦笑《にがわら》いしました。

フープーの壁画《へきが》の前からは中庭を見晴らせました。アーチ型の天井が日陰《ひかげ》を作っていて、ひんやりしています。すずしい風も流れてきます。中庭ではなく、壁《かべ》の方から。

「あれ？　風が……」

ふしぎそうに壁《かべ》を見たラナに、画伯《がはく》はフープーの絵の上にあいた穴《あな》を指さしました。

「あそこからだ」

穴《あな》は風の吹《ふ》き出し口でした。

「あの上に、風の塔《とう》があるの。ほら、背《せ》の高い塔《とう》があるでしょ。上の方で風をつかまえて、家の中をすずしくしてるの」

上の縦格子《たてごうし》の窓《まど》に吹《ふ》きこんだ風が、塔《とう》を通って冷たくなって出てくるしくみを、エマが説明しました。

「泉《いずみ》の館の水槽《すいそう》にも小さな風の塔《とう》がついてるわ」

「だからあんなに水が冷たいの？」

「そうよ。小さな風の塔《とう》はほかにもあるけど、この町でいちばん高いのはここの塔《とう》。それで風の宮殿《きゅうでん》って呼《よ》ばれているの」

　風は中庭の池の上でさらに冷やされ、家じゅうにめぐっています。夏は風が入ってくる日《ひ》陰《かげ》の建物で、冬は日の当たる側の建物で過《す》ごすそうです。

「ところでエマ、風の知らせをきけとは、なにがあったんだね？」

　エマは画伯《がはく》にわかるように、最初から順を追って説明しました。画伯《がはく》はだまって話をきき、しまいまできき終えるといいました。

「そういうことなら、支度《したく》をしよう」

　画伯《がはく》がよっこらしょと立ちあがったので、なにをするかわからないまま、三人も立ちあがりました。画伯《がはく》は横の部屋に入ると、木製《もくせい》の置物を持ちだしてきました。ジャミルの背丈《せたけ》ほどもあるでしょうか。

「画伯《がはく》、それ、なんですか？」

　エマもはじめて見るものでした。

「風車だ。風が吹《ふ》くと、この羽がまわる」

　たて軸《じく》に八枚《まい》の羽がついていて、風の力でそれがまわるといいます。

「これのでっかいのを、むかしは粉《こな》ひきに使っていたんだ。これはその模型《もけい》だな。地下室にあったのを、マジュヌーンが見つけてきたんだ」

「マジュヌーンが？」

ジャミルがきき返しました。

「ああ、マジュヌーンはこの町を歩きまわって、いろんなものを見つけてきたよ。この風車を試しに風でまわしてみたら、歌がきこえてきたんで、すっかり気に入ってね」

「歌が？」

「そうなんだ。それでマジュヌーンはおもしろい遊びを思いついたんだよ」

「どんな遊び？」

「伝言ゲームさ。マジュヌーンがいいたいことをフープーに伝えて、フープーが風に伝えて、風がこの風車をまわすと、わたしの耳に届《とど》く、という遊びだよ」

「ちょっと待って、フープーって、風と話せるの？」

「風と話せるのは、フープーしかおらん」

画伯《がはく》はきっぱりといいました。

「しかし、久《ひさ》しぶりに使うから、ちゃんと動くかどうか……」

画伯《がはく》は風車の模型《もけい》をフープーの絵の前、風の吹《ふ》き出し口の前に置きました。風をうけて羽がゆっくりと動きだします。四人は息をつめて見守りました。風車はゆっくりとまわって、ギイギイ羽のきしむ音しかきこえてきません。ところが、急に強い風が舞《ま》いおりてきて、風車が勢《いきお》いよくまわりだすと……。

「歌ってるよ！」

ジャミルが声をあげて、ラナはあわてて人差し指を口のまえに立てました。

「しっ、きいて」

強い風がまた吹《ふ》きこんできて、風車をまわしました。

～竜《りゅう》が好きなものは、キラキラ光るもの～

～願いをたくして、竜《りゅう》に贈《おく》るといい～

「竜《りゅう》はキラキラ光るものが好きだって！」

声をはずませたジャミルに、ラナもうなずき返しました。

「ほう、ふたりにはきこえたか。これが風の知らせだよ」

画伯《がはく》がにっこりすると、エマはいぶかしそうに首をかしげました。

「わたしには風の音にしかきこえなかったわ」

「風の知らせは、だれもがききとれるわけじゃない。ジャミルなら風の声がわかると、マジュヌーンはきっと思ったんだろう」

「だけど、キラキラ光るものって、なにかな？」

ジャミルがきくと、エマが答えました。

「黄金とか、ダイヤモンドとか？」

「そんなもの、持ってないよ」

ジャミルは口をとがらせます。

「星はどうだ？　朝露《あさつゆ》は？」

画伯《がはく》はまじめにいったのですが、ジャミルは怒《おこ》って地団太《じだんだ》をふみました。

「どうやってプレゼントするの？　もういい。ぼくはなにも持ってない。竜《りゅう》に贈《おく》り物《もの》なんかできないよ」

8章　〈沈黙《ちんもく》の町〉

「キラキラ光る贈《おく》り物《もの》？　そんなのお安いご用さ」

風の知らせの一件《けん》をきくと、ハリドは事もなげにいいました。

「ジャミルが土で作った三匹《びき》のネコがあるだろう。釉薬《ゆうやく》をかけて焼いてやるよ。そうすれば、キラキラ光る青いネコになる」

「おばあちゃんのネコは白と黒と砂色《すないろ》だよ」

「しょうがないじゃないか、青の釉薬《ゆうやく》しかないんだから」

ハリドはひらき直っていいました。

「何色だろうと、キラキラ光ればいいんだろう？　泉《いずみ》の館の屋根を見てみろよ。青いタイルにお日さまが当たると、キラキラしてまぶしいじゃないか」

それをきいて、ラナははっとしました。

「そうか！　屋根のタイルは、ここの焼き物とおなじ青なんだ。だったらジャミルのネコも、キラキラするね。ジャミル、そうしたら？　黄金もダイヤモンドもないし、星や朝露《あさつゆ》はむずかしい。キラキラ光る青いネコって、すてきだと思うよ」

ラナが賛成《さんせい》すると、ハリドがジャミルの肩《かた》をポンとたたきました。

「まあ、とにかく焼いてやる。青いネコを見て、気に入らなければやめればいい。ほかにふさわしい贈《おく》り物《もの》が見つかるかもしれないしな。だが、おれはいいと思うぜ。ジャミルが自分で作ったネコだ。手作りのものはいつだって、最高の贈《おく》り物《もの》だよ」

「じゃあ、ぼく、またネコを作る。いちばんいいのを竜《りゅう》にあげるよ」

ジャミルが気を取り直して土をこねはじめると、ハリドはラナに話しかけました。

「ところで、ふたりはフープーと話したことがあるんだって？」

エマにきいたのでしょう。

「おれは見たことないんだけど、フープーはほんとうにいたんだな。マジュヌーンがひとりぼっちじゃないってわかって、安心したよ」

どうやらハリドも画伯《がはく》の話を信じていなかったようです。

「画伯《がはく》って、マジュヌーンと仲がいいの？」

ラナも土をこねながらきいてみました。

「まあね。マジュヌーンをいちばん知ってるのは画伯《がはく》だよ。マジュヌーンが来たとき、この町にいたのは画伯《がはく》だけだったんだ」

「ほかにはだれもいなかったの？」

「むかしは仲間がいたらしいけど……」

ハリドは画伯《がはく》からきいた話をしてくれました。

「画伯《がはく》は若《わか》いころ、芸術家《げいじゅつか》仲間とこの町に来たんだよ。そのころここは、住む人もいない廃《はい》墟《きょ》の町だった。でも、画伯《がはく》たちは、ここを気に入って住みついて、芸術家《げいじゅつか》の町に作り変えていったんだ。扉《とびら》のノッカーが家ごとにちがうだろう、あれは仲間の彫金《ちょうきん》作家の作品さ。風車の模型《もけい》も青い水差しも、仲間が残していった作品だよ」

「その人たちはどうしたの？」

「いなくなった。あるとき政府《せいふ》が変わって、あれはダメ、これもダメ、っていちいち注意するようになって、思うように作品を作れなくなったんだ。自由に表現《ひょうげん》できる場所を求めて、仲間は国を出ていったらしい。ひとり、またひとりとこの町を去っていき、画伯《がはく》ひとりがここに残った」

「たったひとり？」

ラナは土をこねる手を止めました。

「ああ。そして、画伯《がはく》ひとりになった町に、マジュヌーンとフープーが竜《りゅう》に乗ってやってきた。それ以来、竜《りゅう》が外の人を運んでくるようになったんだ」

「それでこの町は、竜《りゅう》の方舟《はこぶね》って名前なんだね」

「そうかもな。画伯《がはく》以外はみんな、竜《りゅう》に連れられてきたんだからな。どうしてここに来たのかわからないやつばかり。おれもそうだし、ラナだってそうだろ？」

ラナがうなずくと、ハリドもうなずきました。

「みんなそうなんだ。竜《りゅう》に助けられたっていうけど、来ようと思って来たわけじゃない。だから、竜《りゅう》に乗って出ていくやつもいる。でも、ここに残るやつもいる。おれみたいにな」

「ハリドはどうして残ったの？」

「もどりたくないからさ。土をこねて形を作る、それ以外のことは、もうしたくないんだ」

ハリドはふと、遠いものを見るように目を細めました。でも、すぐにいつもの口調にもどっていいました。

「それに、おれがいなくなったら、だれが水差しを作るんだ？　水差しがなくちゃ、この町はこまるだろう」

たしかにそうです。水差しがなければ、竜《りゅう》のキャラバンは水を運べません。運ぶものがなければ、竜《りゅう》は来なくなってしまうかもしれません。

ハリドにきいた画伯《がはく》の話は、ラナの頭からはなれませんでした。どうしてここにひとり残ったのか、考えれば考えるほどわからなくなります。

自由をうばわれた芸術家《げいじゅつか》は、翼《つばさ》をうばわれた鳥のようです。芸術家《げいじゅつか》でないラナでさえ、自由が欲《ほ》しくて逃《に》げだしました。自由に表現《ひょうげん》できない場所、仲間もいなくなった場所、しかも沙漠《さばく》のなかのこんな場所に、画伯《がはく》はどうして残ったのか。

それればかり考えてしまい、その夜はなかなか寝《ね》つけませんでした。次の朝、ラナはエマに告《つ》げました。

「わたし、もういちど風の宮殿《きゅうでん》に行きたい」

「画伯《がはく》の絵を見たいんでしょ」

エマは早合点していいました。ラナは絵が好きで、画伯《がはく》の絵をもういちど見たいのだろう、と思いこんだようです。

いつものように三人で見張《みは》りの塔《とう》に水を届《とど》けると、ジャミルは声を張《は》りあげていいました。

「マジュヌーン、風の知らせをきいたよ。ぼく、キラキラ光る青いネコを作るからね！」

マジュヌーンはハンカチをひらひらふりました。それでよし、ということでしょう。

そのあとジャミルはハリドの工房《こうぼう》に行き、ラナは風の宮殿《きゅうでん》までエマに送ってもらいました。

土壁《つちかべ》の道は迷路《めいろ》で、一度通っただけではとても覚えられません。

「風の宮殿《きゅうでん》からわたしの家は近いのよ。帰ってくるときは、逆《さか》さチューリップのドアノッカーがある家の先を右に曲がって、蛇《へび》のドアノッカーがある家を左に曲がるの。袋小路《ふくろこうじ》のつきあたりがわたしの家よ。わかった？」

「逆《さか》さチューリップを右、蛇《へび》を左」

ラナがくりかえすと、エマはうなずいて、竜《りゅう》のドアノッカーで扉《とびら》を三回たたきました。

のぞき窓《まど》から画伯《がはく》の目がこちらを見ました。

「なんだ、エマ、また風の知らせか」

「いいえ、ラナが画伯《がはく》の絵を見たいんですって」

扉《とびら》がギイッとあきました。画伯《がはく》がラナを招《まね》き入れると、エマは帰っていきました。

画伯《がはく》はラナを中庭の柱廊《ちゅうろう》に連れていきました。壁《かべ》には色あざやかな絵がいちめんに描《えが》かれています。赤やピンク、オレンジの衣装《いしょう》で歌いおどる人たちです。

「この人たちは？」

「遊牧民《ゆうぼくみん》だよ」

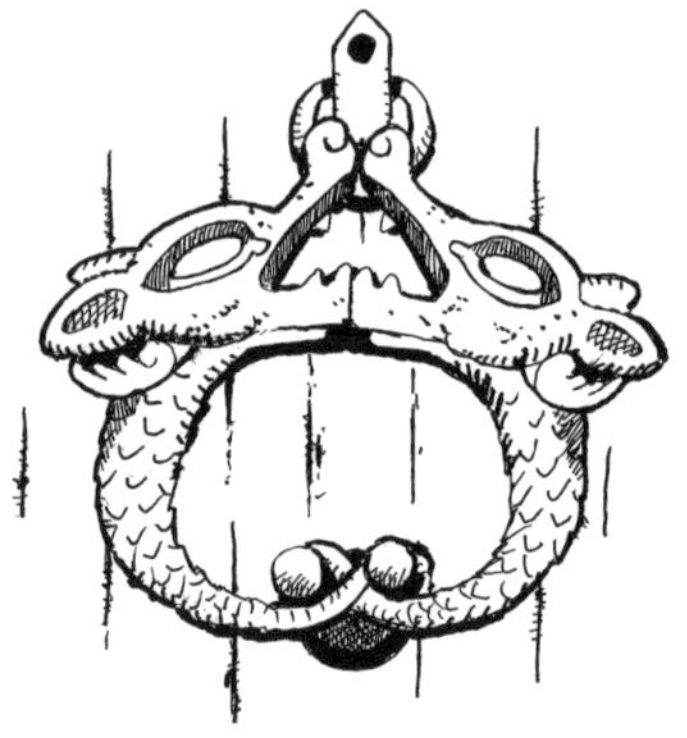

羊の群れを連れて、草原や岩山を渡《わた》り歩く人たちです。それにしても派手《はで》な服です。

「民族衣装《いしょう》ですか？」

「はなやかな色が好きなんだ。彼女《かのじょ》たちは旅する花さ」

ラナは絵に沿《そ》って歩いていきました。描《えが》かれているのはおどる人たちばかりではありません。馬に乗って羊の群れを率《ひき》いる人たちもいます。天幕《てんまく》の前で水たばこを吸《す》う男、羊の乳《ち》しぼりをする女、糸紡《いとつむ》ぎをする女、ゆりかごの赤《あか》ん坊《ぼう》をのぞきこんでいる女もいます。

「こんな人たち、いまでもいるんですか？」

「いるとも。毎年春になると、ここにやってくるよ」

「ここに？」

ラナは思わず立ち止まりました。

「こんな沙漠《さばく》でも、春になると、わずかに草が生えてくる。羊の群れがそれを食べにくるんだ。遊牧民《ゆうぼくみん》は羊に草を食べさせるため、冬はあたたかいところ、夏は山の上のすずしいところに群れを連れていく。その途中《とちゅう》でここを通るのだろう」

「竜《りゅう》に乗らないと、ここには来られないと思ってました」

「そのはずだが、なぜか遊牧民《ゆうぼくみん》は来る。マジュヌーンが気に入ってるからかな」

「マジュヌーンが？」

「わたしも気に入ってるよ。毎年春に彼《かれ》らを見るのが楽しみなんだ」

遊牧民《ゆうぼくみん》の絵はやがて途切《とぎ》れて、白い壁《かべ》があらわれました。壁《かべ》の前には絵の道具が置いてあります。

「まだ描《か》きかけだ」

「あの……画伯《がはく》がここにいるのは、この絵を描《か》くためですか？　ハリドからきいたんです。芸術家《げいじゅつか》の仲間がみんないなくなっても、画伯《がはく》はここに残ったって」

「ハリドのやつ、べらべらしゃべりおって」

「ハリドは焼き物を作るためここにいるといってました。ジャミルはおばあちゃんの家に行きたがってます。ウェイウェイって人は、子どもにジャングルを見せたくて出ていったときました。でも、わたしはどうしたらいいかわからなくて……」

ラナが口ごもると、画伯《がはく》はためらいがちに打ちあけました。

「じつをいうと、わたしも一度はここを出たんだよ」

「出たんですか？」

ラナはおどろきました。

「仲間にさそわれて、ここを出て、外国の町に行ったんだ。湖のほとりの美しい町だった。ところが、絵のように美しいその風景を前にしても、描《か》きたいという気持ちがまったくわいてこない。二、三日もすると退屈《たいくつ》になって、一週間もしないうちに、よそでは描《か》けないと思い知らされた。それでここにもどってきたんだ」

「そうだったんですか」

「しかし、もどってみると、仲間はひとりもいなくなっていた。新しい芸術《げいじゅつ》を生みだそうとしていたかつての情熱《じょうねつ》は消えて、廃墟《はいきょ》の町になってしまっていた」

画伯《がはく》は言葉を切ると、「ちょっと来なさい」といって、昨日のテラスがある建物にラナをいざないました。フープーの絵があったテラスの真下にある地下室へと、階段《かいだん》をおりていきます。扉《とびら》をあけると、うす暗い部屋はひんやりしていました。風の塔《とう》の吹《ふ》き出し口が、この地下室までのびているのか、壁《かべ》から冷気が流れこんできます。

中庭に面した壁《かべ》の上の方に明かりとりの窓《まど》があり、そこから差しこむ光が奥《おく》の壁《かべ》をうっすらと照らしています。

「見なさい」

すぐにはわかりませんでしたが、目が慣《な》れてくると、壁《かべ》に絵がかかっているのが見えました。額縁《がくぶち》もないキャンバスの中央に、小さな町がうかんでいます。

「この絵は……」

「〈沈黙《ちんもく》の町〉だ」

「この町、ですか?」

「あのときのこの町、わたしがひとりになったときの、空っぽの町だよ」

沙漠《さばく》の中の砂色《すないろ》の町。風の中に取り残された、人の気配がない廃墟《はいきょ》。

「もどってきて、この絵を描《か》いた。なんでもどってきたんだ、とくやみながら描《か》いた。こんなところに、だれもいないのに、バカなことをした、と自分をあざ笑いながらね」

なんといったらいいか、ラナは言葉が見つかりませんでした。柱廊《ちゅうろう》の壁画《へきが》とあまりにちがいます。遊牧民《ゆうぼくみん》の絵は色あざやかで、躍動的《やくどうてき》で、生命力にあふれていました。歌声や楽器の音まできこえてきそうな、にぎわいがありました。それに比《くら》べてこの絵〈沈黙《ちんもく》の町〉は、しんと静まりかえっています。きこえるとしたら、風の音。その風にけずられて、土壁《つちかべ》は砂地《すなじ》にくずれていきます。

しんみりとした空気をはらうように、画伯《がはく》は咳《せき》ばらいをしました。

「ところが、描《か》きあがると、竜《りゅう》がやってきた」

「竜《りゅう》が?」

「竜《りゅう》が、マジュヌーンとフープーを連れてきた」

画伯《がはく》は、マジュヌーンとフープーがあらわれた遠い日のことを、ラナに語ってきかせました。

9章　マジュヌーン

〈沈黙《ちんもく》の町〉の絵を描《か》きあげた日のことだ。わたしはテラスにいて、描《か》きあげた絵をじっと見ていた。すると、いきなり空がみるみる暗くなって、ものすごい砂嵐《すなあらし》におそわれたんだ。砂嵐《すなあらし》がやんでどうにか目をあけると、そばに人影《ひとかげ》があってね、マントをはおったその人が話しかけてきた。

「この町にいるのは、おじさんだけ?」

意外にも、子どもの声だった。

「そうだが」

とまどいながら答えると、その子は意を決したようにいった。

「それなら、ここでおりよう」

「竜《りゅう》に乗らないの?」

問いかけたのは、肩《かた》にとまった小鳥だった。その顔を見て、ぞくっとしたよ。美しい少女の顔なんだ。豊《ゆた》かな黒髪《くろかみ》に金色の冠《かんむり》をのせている。もしや、伝説の鳥フープーだろうか……。

「もうつかれた。ここは静かだから、しばらく休もうよ」

その子は小鳥にせがんだ。くたびれて、嫌気《いやけ》がさしている声だった。

「この人しかいないっていうし。ねえ、おじさん、ここにいてもいい？」

わたしはごくりと唾《つば》を飲みこんだ。

「いいけど、きみ、いったいどうやって来たんだね？」

「竜《りゅう》に乗って」

「竜《りゅう》？」

「わたしは竜使《りゅうつか》いのマジュヌーン。彼女《かのじょ》は相棒《あいぼう》のフープー。竜《りゅう》はいま眠《ねむ》ってるからだいじょうぶだよ」

なんのことかさっぱりわからない。砂嵐《すなあらし》とともに竜《りゅう》が舞《ま》いおりたことを、そのときはまだ知らなかったからね。それよりも、やっぱり伝説の鳥フープーか、と目の前の小鳥から目をはなせなくなっていた。

「この絵は、おじさんが描《か》いたの？」

マジュヌーンは描《か》きあがったばかりの絵をのぞきこんだ。

「ああ。この町、〈沈黙《ちんもく》の町〉だ」

「〈沈黙《ちんもく》の町〉か。いいな。こういう町を探《さが》していたんだ。静かに迎《むか》え入《い》れてくれる町を。方舟《はこぶね》にするのにちょうどよさそうだ。フープー、そう思わない？」

「そうねえ……でも、人がいるわ」

フープーは声をひそめて、わたしをチラッと見た。その流し目に、わたしは胸《むね》を射抜《いぬ》かれてしまった。

マジュヌーンは面と向かってきいてきた。

「おじさん、この町を蜃気楼《しんきろう》にしてもいい？」

「蜃気楼《しんきろう》に？」

「人が近づけないまぼろしの町にして、竜《りゅう》の方舟《はこぶね》にしたいんだ。ここにいるのがいやなら、竜《りゅう》で外に連れだしてあげるよ」

マジュヌーンのいうことは半分もわからなかったが、わたしは反射的《はんしゃてき》に答えていた。

「いや、けっこう。わたしはここにもどってきたばかりだ。よそへ行くつもりはない」

じぶんでもびっくりした。さっきまで後悔《こうかい》していたのに、うらはらな言葉が口をついて出てきたんだからね。しかし、それは本心だった。

「ほんとう？　蜃気楼《しんきろう》の町になったら、外の人と会えなくなるよ？」

「かまわん。どうせひとりだ。わたしはここで絵を描《か》く」

9章　マジュヌーン

ひらきなおって答えると、マジュヌーンはよろこんで宣言《せんげん》した。

「それなら決まりだ。この町を蜃気楼《しんきろう》にする。ここを竜《りゅう》の方舟《はこぶね》にするんだ。これでやっと休めるな。フープーもゆっくりするといい」

「ねえ、マジュヌーン」

フープーはわたしの方をちらちら見ながら、突拍子《とっぴょうし》もないことをいいだした。

「わたし、前から思ってたの。一度でいいから、肖像画《しょうぞうが》を描《か》いてもらえたらなあって」

「ふうん、それなら、おじさんに描《か》いてもらいなよ」

マジュヌーンが背中《せなか》を押《お》すと、フープーはもじもじと恥《は》じらいながらきいてきた。

「あのう……わたしの絵を描《か》いてくださらないこと？」

「よろこんで！」

つい大きな声が出てしまった。なんといっても、伝説の鳥フープー本人からたのまれたんだ。こんなチャンスはない、って興奮《こうふん》したね。

「テラスのこの壁《かべ》に描《か》きましょう。心をこめて描《か》きましょう」

体じゅうに力がみなぎってくるのを感じた。絵を描《か》きたい。フープーを描《か》きたい。描《か》かずにはいられない。こんな情熱《じょうねつ》がこみあげてくるのは久《ひさ》しぶりだった。

「うれしいわ」

フープーは愛らしくはにかんだ。その笑顔《えがお》も、金色の翼《つばさ》も、明るい緑の羽毛《うもう》も、すぐにでも描《か》きたくてたまらなくなったよ。

「よかったね、フープー。フープーもこの町にいたくなっただろう？」

「ええ、とっても」

「よし、さっそくこのことを、キャラバンの隊長に伝えよう」

「キャラバン？」

またわからないことをいわれて問い返した。

「竜《りゅう》のキャラバンだよ。ここで荷物をおろさせる。なにか要《い》るものがある？」

要《い》るものといえば、画材。頭にはそれしかうかばなかった。

「壁《かべ》にフープーの絵を描《か》くための絵の具が」

「わかった。隊長にいっておくよ、画伯《がはく》」

「画伯《がはく》？」

「だって、おじさんは絵を描《か》く人だろう？」

「そうよ、わたしたち、あなたを画伯《がはく》とお呼《よ》びするわ」

「そして、今日からこの町は、竜《りゅう》の方舟《はこぶね》だ」

意気揚々《いきようよう》と告《つ》げて、マジュヌーンとフープーは立ち去った。

ぼうぜんとその場に立ちつくして、〈沈黙《ちんもく》の町〉の絵に目をやると、おどろいたことに、さっきまでとちがう絵に見えてきたんだ。

孤独《こどく》で、なにもない、むなしさばかりの町だったのが、凛《りん》として、両手をひろげ、どんな嘆《なげ》きも受けとめる、そんな町に見える。これはいったいどうしたことか、とふしぎにとらわれていると、外からざわざわとざわめきがきこえてきた。

表に出ると、町の外がなにやらにぎわっていた。行ってみると、ラクダがぞろぞろと町に入ってくるところだった。キャラバンとはこのことか、と思いながら門を出てみると、目の前に巨大《きょだい》な竜《りゅう》が横たわっていたんだよ。

あっけにとられて、ぽかんと口をあけたまままたたずんでいると、うしろからふいに声をかけられた。

「おまえさん、この町の人かね？」

ふり向くと、ターバンを巻《ま》いた赤ひげの男が立っていた。

「そうだが、あなたは？」

「わしはキャラバンの隊長だ。これは〈さまよえる竜《りゅう》〉。わしのキャラバンを運んできた。ここで荷をおろせ、とマジュヌーンにいわれてね」

「マジュヌーンに？」

「ほら、あそこにいる」

　赤ひげの隊長が指さした見張《みは》りの塔《とう》の上を見ると、マントをたなびかせたマジュヌーンが立っていた。

「いつのまに、あんなところに……」

「あそこを気に入ったようだ。マジュヌーンは高いところが好きだからな。なにせさっきまで竜《りゅう》に乗っていたんだ」

「竜《りゅう》に？　乗って？」

　まさか、この竜《りゅう》に乗ってきたのか……目の前の巨体《きょたい》に目が釘《くぎ》づけになっているわたしの横で、隊長は「まいったなあ」とため息《いき》をついた。

「マジュヌーンが竜《りゅう》をおりるといいだすとは、いやはや、こまった。さんざんひどいものを見て、うんざりするのもむりないが……」

　赤ひげをさすっていた隊長は、ふいにわたしの顔をのぞきこんできいた。

「なあ、おまえさん、どう思う？　竜《りゅう》は数日もすれば目をさます。目をさませば、竜使《りゅうつか》いが乗らなくても竜《りゅう》は飛び立つ。マジュヌーンだけ残していって、だいじょうぶだろうか」

「さあ。心配なら、あなたも残ればいい」

「それができれば悩《なや》みはせんよ。わしはキャラバンを連れて竜《りゅう》に乗りこまねばならんのだ。

おまえさん、マジュヌーンのことをたのまれてくれんか」

「たのむといわれても……」

「なに、世話はかけん。見ててやってくれればいい」

隊長がいったとおり、竜《りゅう》は数日後にキャラバンを乗せて飛び立った。マジュヌーンとフープーだけが残り、今日までずっとここにいるんだ。


うす暗い地下室の壁《かべ》にうかびあがる〈沈黙《ちんもく》の町〉の絵に、ラナはじっと目をこらしていました。画伯《がはく》の話をきいているうちに、ラナの目にも町の印象《いんしょう》がちがって見えてきました。しんと静まり返った町から、人の声がきこえてくるようなのです。あるいは、沙漠《さばく》を吹《ふ》き渡《わた》る風が、歌になってきこえてくるような……。

「マジュヌーンはどうしてここを気に入ったんだろう……」

「静かな廃墟《はいきょ》だったからさ。マジュヌーンはつかれていて、休む場所が必要だったんだ」

「でも、廃墟《はいきょ》の町ならほかにもありそうなのに……」

「高い塔《とう》が三つもあったからかな。マジュヌーンは高いところが好きらしい。町を案内したら、風の塔《とう》のしくみに興味《きょうみ》を持ったし、泉《いずみ》の館に願《がん》かけの布《ぬの》が結びつけてあるのもひどく気に入ってね」

「マジュヌーンは画伯《がはく》といっしょに町を歩いたんですか？」

「ああ。わたしが絵を描《か》いているあいだは、ひとりでも歩いて探索《たんさく》していたよ。町にはだれもいなかったが、わたしの仲間が残していった芸術《げいじゅつ》作品があったからね、例の風車や青い水差しなんかを、見つけてきてはおもしろがっていた」

「じゃあ、いつから塔《とう》にのぼったきり、おりてこなくなったの？」

「人がふえてきたころかな。次に竜《りゅう》が来たとき、ハリドの師匠《ししょう》となった陶工《とうこう》を連れてきた。そのころまではマジュヌーンもわたしたちの相手をしていたんだよ。だが、それからも竜《りゅう》が来るたびに人がふえて、マジュヌーンは逃《に》げるように塔《とう》の上にのぼってしまったんだ」

「どうしてだろう？」

「竜使《りゅうつか》いはほんらい、人と関わってはいけないらしい」

「いけないの？　マジュヌーンはわたしたちに、こっちにおいでっていったのに」

「こっちって、塔《とう》の上にさそったのかね？」

ラナがうなずくと、画伯《がはく》は苦笑《にがわら》いして首をふりました。

「いつまでたっても子どもだな。いけないとわかっていても、おない年くらいのラナを見て、話したくなったんだろう」

「おない年？」

そんなはずあるでしょうか。ラナは思わず問い返していました。

「いや、ラナよりずっと年上のはずだが、どういうわけかマジュヌーンは、はじめて会ったときからほとんど変わっていない。竜使《りゅうつか》いは年をとらないのかもしれん」

そういえば、「こっちにおいで」と呼《よ》ぶ声は、子どものような声でした。

「大人より子どもの話し相手が欲《ほ》しくて、ラナを呼《よ》んだんだよ」

「もしかしたら、さびしいのかな？」

「話し相手がフープーだけで、退屈《たいくつ》なんだろう。わたしのように絵を描《か》いていれば、退屈《たいくつ》する暇《ひま》もないが」

「画伯《がはく》はこれからも、ここで絵を描《か》くんですね？」

画伯《がはく》は深々とうなずきました。

「遊牧民《ゆうぼくみん》の絵は完成させたい。ラナはどうしたいんだ？　竜《りゅう》はとつぜんやってくるぞ。もしも今日、竜《りゅう》が来たらどうする？」

問い返されて、ラナはうろたえました。まだ決心はついていないけど、もし今日来たら、「わからない」とはいっていられません。今日来たら、竜《りゅう》が出ていくのはあさってです。あさってジャミルとここを出て、ジャミルのおばあちゃんの家に行く。それは考えられない選《せん》択《たく》でした。

「ジャミルとは行きません」

もし今日来たら、竜《りゅう》には乗らず、ここに残る。それははっきりしました。

「ほかに行きたいところがあるのかね？」

画伯《がはく》の問いは、ラナ自身の問いでもありました。

「どこか安全なところ、自由なところに逃《に》げたかったんです。でも、それがどこかわからないし、安全で自由な場所に行きつけたとしても、もどりたくなるかもしれない……」

画伯《がはく》の話をきいて、そんな考えがはじめてラナの頭をよぎりました。学校にも行けず、未来がないと思える国ですが、生まれ育ったふるさと、家族や友だちがいる場所です。

「やってみないことには、なんともいえん。先のことは、わからんものだ。わたしだって、遊牧民《ゆうぼくみん》の絵を描《か》きあげた先のことはわからん。肝心《かんじん》なのはいまだ。いま、絵を描《か》きたい、ということだ。ラナはいま、どうしたい」

ラナはうつむいてしまいました。いまどうしたいのか、それがわからなくなっているのです。画伯《がはく》はラナの肩《かた》にそっと手を置いていいました。

「いずれ決断《けつだん》の時は来る。まあ、竜《りゅう》が今日来ることはないだろう」

10章　竜《りゅう》の再来《さいらい》

ところが竜《りゅう》は、その日の夕刻《ゆうこく》、やってきました。

空がみるみる暗くなって、砂嵐《すなあらし》がおこり、人々は家の中にかくれました。マジュヌーンとフープーだけが、見張《みは》りの塔《とう》の上に立って竜《りゅう》を迎《むか》えます。風の中をフープーが飛び立って、いつものように歌いかけました。

さまよえる竜《りゅう》よ　おやすみなさい
つかれた体を　横たえなさい
背中《せなか》の荷物を　地上におろし
ふしぎな夢《ゆめ》を　楽しみなさい

町の前に竜《りゅう》がおりて眠《ねむ》りに落ちると、砂嵐《すなあらし》はやんで静かになりました。

ラナとジャミルは家の中で息をひそめて、嵐《あらし》がやむのを待っていました。あいにくエマは工房《こうぼう》に出かけていました。嵐《あらし》の音につつまれていたあいだは、心がざわついて落ち着きませんでしたが、静まり返ったいまは、おそろしさを感じます。

「竜《りゅう》が来たね」

ラナはジャミルの手をにぎりました。今日来ることはない、と画伯《がはく》はいっていたのに、なんの前ぶれもなく、竜《りゅう》は来てしまいました。

「どうしよう、まだ青いネコができてないよ」

ジャミルもラナの手をぎゅっとにぎり返します。

「竜《りゅう》は二晩《ばん》ここで眠《ねむ》るでしょ、そのあいだに焼いてもらえない？」

「できるかな」

「ハリドにたのんでみよう」

ふたりは家を飛び出しました。嵐《あらし》が去って、空はまた明るくなっています。

ハリドは工房《こうぼう》にいました。天日干《てんぴぼ》ししていた焼き物が嵐《あらし》で割《わ》れないよう、あわてて工房《こうぼう》の中にしまいこんだのを、また外に出しているところでした。

「ハリド、竜《りゅう》が来ちゃったよ。青いネコ、焼いてよ」

ジャミルがせがむと、ハリドはバツが悪そうに首のうしろをかきました。

「こんなに早く来るとはなあ」

「いまから焼けば、間にあうんじゃない？」

ラナがつめよると、ハリドは首をふりました。

「それはできない。素焼《すや》きしてから冷まして、釉薬《ゆうやく》をつけてもう一回焼かなきゃならないんだ。どんなに急いでも十日、いや二週間はかかる。間にあわねえな」

「そんなあ……キラキラ光るもの、竜《りゅう》にあげられないの？」

ジャミルは泣きそうな顔です。

「今回はあきらめて、次に竜《りゅう》が来るのを待ったらどうだ？」

「やだよ。はやくおばあちゃんのところに行きたいのに」

「そういわれてもなあ……」

「ジャミル、マジュヌーンのところに行こう」

ラナはジャミルの手をとって工房《こうぼう》を出ました。青いネコの焼き物が間にあわないとわかったいま、どうすればいいいか、相談できるのはマジュヌーンだけという気がします。

見張《みは》りの塔《とう》の中に入ると、塔《とう》の上にたたずむマジュヌーンのシルエットが空にうかびあがって見えました。竜《りゅう》を見おろしているようです。

「マジュヌーン！」

ラナは声を張《は》りあげました。シルエットがこちらをふり返ります。

「竜《りゅう》が来たけど、キラキラ光る青いネコはまだできないんだ！」

ジャミルが大声で訴《うった》えました。

「どうしたらいいの！」

ラナも負けずに大声でききました。

「祈《いの》るんだ！」

マジュヌーンが答えました。

「泉《いずみ》の館で祈《いの》るんだ！」

ラナとジャミルは顔を見あわせました。泉《いずみ》の館で祈《いの》れとは、白い布《ぬの》を結びつけろということでしょうか。

「ぼく、もう布《ぬの》を結びつけたよ」

「わたしのがまだある。結びつけて、お願いしてこよう」

エマが手首に結びつけてくれた白い布切《ぬのき》れを、ラナはジャミルに見せました。それからマジュヌーンに向かってその手をふりました。

「泉《いずみ》の館に行ってくる。この布《ぬの》を結んで、祈《いの》ってくる」

マジュヌーンもハンカチをひらひらさせて、ふたりを見送りました。

ふたりはいったんエマの家にもどり、マジュヌーンにいわれたことを伝えました。

「ウェイウェイがジャングルに帰るときも、みんなで祈《いの》ったっていってたよね？」

「そうよ。ジャミルに布切《ぬのき》れをあげるわ。さあ、行きましょう」

日がかたむいてきた道を、三人は急いで泉《いずみ》の館に向かいました。館の地下におり、貯水槽《ちょすいそう》をとりかこむ格子《こうし》の柵《さく》に布切《ぬのき》れを結びつけると、ラナは目をとじて祈《いの》りました。

(竜《りゅう》がジャミルをおばあちゃんの家に連れていってくれますように！)

自分のことではなにをどう願えばいいかわからなくても、ジャミルのためなら祈《いの》れます。竜《りゅう》がおばあちゃんの家を見つけられますように。おばあちゃんの家がいまもちゃんとありますように。ジャミルがぶじにその家にたどりつけますように。そしてまた、あの朝ごはんの食卓《しょくたく》をみんなとかこめますように。

ジャミルのために祈《いの》ることはたくさんありました。

「行きましょう」

祈《いの》っていたラナの肩《かた》をエマがポンとたたきました。ハッとして目をあけると、エマもジャミルももう祈《いの》りを終えていました。

泉《いずみ》の館を出ると、外は日が暮《く》れて、広場には松明《たいまつ》がたかれていました。暗くなった路地を

郵便はがき

おそれいりますが切手をおはりください。

101-0062

〈受取人〉

東京都千代田区神田駿河台2−5

株式会社 理論社

読者カード係 行

お名前（フリガナ）

ご住所 〒　　　　TEL

e-mail

書籍はお近くの書店様にご注文ください。または、理論社営業局にお電話ください。

代表・営業局：tel 03-6264-8890　fax 03-6264-8892

理論社

https://www.rironsha.com

ご愛読ありがとうございます

読者カード

●ご意見、ご感想、イラスト等、ご自由にお書きください。

●お読みいただいた本のタイトル

●この本をどこでお知りになりましたか？

●この本をどこの書店でお買い求めになりましたか？

●この本をお買い求めになった理由を教えて下さい

●年齢　　　歳　　　　　　　　●性別　男・女

●ご職業　1. 学生（大・高・中・小・その他）　2. 会社員　3. 公務員　4. 教員
5. 会社経営　6. 自営業　7. 主婦　8. その他（　　　　　）

●ご感想を広告等、書籍のＰＲに使わせていただいてもよろしいでしょうか？
（実名で可・匿名で可・不可）

ご協力ありがとうございました。今後の参考にさせていただきます。

ご記入いただいた個人情報は、お問い合わせへのご返事、新刊のご案内送付等以外の目的には使用いたしません。

歩きながら、ジャミルがラナの手をにぎっていいました。

「ラナ、たくさんお祈《いの》りしてくれてありがとう」

ラナはジャミルの手をにぎり返しました。

「ジャミル、わたしもちゃんと祈《いの》ったわよ」

エマもそういって、ジャミルのもう片方《かたほう》の手をにぎりました。

「三人で祈《いの》ったんだからだいじょうぶ、竜《りゅう》はジャミルをおばあちゃんの家に連れていってくれるわ」

「うん……キラキラ光るものはないけど、だいじょうぶだよね」

ジャミルは自分にいいきかせるようにいいました。どんなに祈《いの》っても、心もとないのです。

「明日またマジュヌーンのところに行って、ほかになにをすればいいかきいてみよう」

ラナがいうと、ジャミルは大きくうなずきました。

「なにかほかにもあるかもしれないよね」

「そうだよ、できることはなんでもしよう」


次の朝、いつものように青い水差しを持って、三人で見張《みは》りの塔《とう》に出かけました。キャラバンサライの方からざわめきが流れてきます。

「出発は明日の夜明け前だから、今日のうちにキャラバンサライに移《うつ》らないと」

エマにいわれて、ジャミルは急に不安な顔になりました。

「えっ、今日でもうお別れなの？　ラナ、ぼくといっしょに行かない？」

ラナは首をふりました。

「わたしは行かない。でも、ジャミルがおばあちゃんの家に行けるように、できるだけのことはするよ」

「わたしからも隊長にちゃんとたのんであげる」

エマも安心させようといいましたが、ジャミルはだんだん元気がなくなりました。

見張《みは》りの塔《とう》に着くと、ハリドが待っていました。

「よう、ジャミル、キラキラ光る器を持ってきたぞ」

ほら、とハリドはポケットから小さな青い小鉢《こばち》を取りだしました。内側も外側も青い釉薬《ゆうやく》がたっぷりかかっています。ハリドがてのひらに持って朝の光を受けると、反射《はんしゃ》してキラッと光りました。

「これを竜《りゅう》にやるといい」

ハリドが差しだすと、エマが大げさにほめました。

「いいじゃない、すごくきれいに光ってる。これなら竜《りゅう》もよろこぶわ。ジャミル、ズボンのポケットに入れて持っていけるんじゃない？」

「ポケットに入るかなあ……」

ジャミルはジーンズのポケットに手を入れてごそごそしました。

「あれ、なにかある」

出てきたのは青いガラス玉でした。

「おばあちゃんにもらったガラス玉だ」

「それ、キラキラするよ！」

ラナはジャミルの手からガラス玉をとって日にかざしてみせました。

「ほら！」

「ほんとだ！」

ジャミルの目もかがやきました。青いガラス玉は青い小鉢《こばち》より、ずっとキラキラします。

「それに、おばあちゃんにもらった、っていったよね？　これをくれた人のところに連れてって、って竜《りゅう》にたのめばいいじゃない」

「そうよ。おばあちゃんとジャミルをつなぐものでしょ。どこへ連れていけばいいか、竜《りゅう》もきっとわかってくれるわ」

エマも興奮《こうふん》していいました。

「じゃあ、そいつを竜《りゅう》にやって、この小鉢《こばち》はおばあちゃんに持っていきな。おれからの土産《みやげ》だ」

ハリドはそういって青い小鉢《こばち》をジャミルにおしつけました。

「あ、ありがとう」

ジャミルはやっとうれしそうに笑いました。

「マジュヌーンにも報告《ほうこく》しましょう」

エマにいわれて、みんなで塔《とう》の中に入りました。いつもの場所に青い水差しを置くと、エマが呼《よ》びかけました。

「マジュヌーン、水を持ってきたわ。ジャミルは竜《りゅう》に乗るから、よろしくね！」

ジャミルも青いガラス玉を日にかざして光を反射《はんしゃ》して見せました。

「ほら、キラキラ光るもの、あったよ！　おばあちゃんがくれたんだ。これを竜《りゅう》にあげるから、おばあちゃんの家に連れてって、ってたのんでね！」

マジュヌーンは塔《とう》の上からハンカチをひらひらさせました。

「でも、どうやって竜《りゅう》にあげたらいいんだろう」

ジャミルはラナの顔を見ました。竜《りゅう》は眠《ねむ》っています。寝《ね》ている竜《りゅう》には渡《わた》せないし、起きたときに竜《りゅう》に乗っていなければ、置いていかれてしまいます。それに、起きた竜《りゅう》に「どうぞ」と手渡《てわた》せるものでしょうか。ラナにも見当がつきませんでした。

「マジュヌーン、青いガラス玉、竜《りゅう》にどうやって渡《わた》せばいいの？」

ジャミルに代わってラナがききました。

「竜《りゅう》が目をあけたら、空に投げるんだ」

ラナとジャミルは顔を見あわせてうなずきました。

「わかった、そうするよ！」

ジャミルは大声で答え、ラナが続けてききました。

「わたしたち三人で泉《いずみ》の館でお祈《いの》りしたよ。ほかにもなにか、できることある？」

「歌うんだ」

マジュヌーンの答えに、ラナはとまどいました。なにを歌うのでしょう。

「竜《りゅう》に歌いかけるんだ。ラナ、こっちにおいで。いっしょに歌おう」

マジュヌーンはハンカチをひらひらさせて、ラナに手招《てまね》きしました。

ラナは内壁《うちかべ》に沿《そ》った階段《かいだん》を見あげました。これをのぼってマジュヌーンのところまで行くのは、やはりためらわれます。だまってしまったラナに、エマが声をかけました。

「むりしないで、ラナ」

そしてラナに代わってマジュヌーンにいいました。

「ジャミルを見送るから、わたしたちもう行くわ」


エマはジャミルが好きなチーズパイをたくさん作りました。お昼に食べて、残りは包んで持たせたるのです。

「今夜はキャラバンサライに泊《と》まって、明日は夜明け前に出発よ。お腹《なか》がすいたときに食べなさい」

ジャミルはなにも荷物を持っていませんでしたが、エマはカラフルな布《ぬの》で袋《ふくろ》を縫《ぬ》って、背《せ》負《お》えるようにひもをつけてあげました。その中にチーズパイと、ハリドにもらった青い小鉢《こばち》を、カラフルな服にくるんで入れました。

「この服、おばあちゃんにあげて。わたしからのお土産《みやげ》よ」

ラナもなにかジャミルに持たせたかったけど、なにもありません。それで、ジャミルが昼《ひる》寝《ね》をしているあいだに、ノートに絵を描《か》くことにしました。ラナとエマとハリドと画伯《がはく》、それからフープーも描《か》きました。マジュヌーンは顔がわからないので、塔《とう》の上に立つシルエットを描《か》きました。

昼寝《ひるね》から起きたジャミルにその絵を見せると、パッと顔をかがやかせました。

「みんないる。フープーもいる」

「わたしたちのこと、おばあちゃんに話してあげて」

「うん、そうするよ。ラナ、ありがとう」

夕方、キャラバンサライの門まで行くと、ハリドが待っていました。手には小さな青い水差しを持っています。キャラバンが積んでいくといっていた水差しです。

「ジャミル、これも持っていけ」

ハリドは水差しをジャミルに渡《わた》しました。

「おばあちゃんの家に着いたら、みんなでひと口ずつ飲むんだ。命の水だから、元気になるぞ」

「水、こぼれない？」

「ちゃんと栓《せん》をしたからだいじょうぶ。それに、この水差しは割《わ》れないんだ。命の水を守って、水が入ってるあいだは割《わ》れないし、こぼれない。さ、入れてやる」

ハリドはそういって、背中《せなか》の袋《ふくろ》に水差しもつめこみました。

「あのさ、ハリド、ぼくの青いネコができたら、みんなにあげてくれる？　エマとラナ、画《が》伯《はく》やマジュヌーンに」

「おれはもらえないのか？」

「ハリドの分もあるよ。ぜんぶで五つ作ったから」

「わかった。ありがとよ」

ハリドはうれしそうににっこりして、ジャミルの肩《かた》をたたきました。

「じゃあ、そろそろ行くか？」

キャラバンサライの門の向こう側では、赤ひげの隊長が待っていました。

「ジャミル、元気だったか？」

「うん」

「ラナはいっしょに行かないんだな？」

隊長は報告《ほうこく》を受けていましたが、念をおすように確《たし》かめました。ラナはうなずいていいました。

「ジャミルをおばあちゃんの家に連れていってください」

隊長は赤ひげに手をやって顔をしかめました。

「そいつは約束できん。竜《りゅう》がどこをさまようか、わしにもわからんからな」

「わたしたちマジュヌーンとフープーにたのんだんです。だから、竜《りゅう》はきっと行ってくれると思います」

ラナがそういっても、「当てにならんな」と隊長は肩《かた》をすくめました。

「おばあちゃんの家に行かないと、ぼく、こまるんだ」

ジャミルがつぶやきました。

「ぼくのアパートは爆弾《ばくだん》が落ちてこわれちゃったから、みんなでおばあちゃんの家に行くところだったんだ。おばあちゃんの家ならだいじょうぶ、ってお父さんもお母さんもいってたから……」

ジャミルはそういいながら、だんだんうつむいてしまいました。

ジャミルの家は爆撃《ばくげき》を受けていたのです。避難《ひなん》する道中、竜《りゅう》にさらわれたのでした。逃《に》げている途中《とちゅう》でここに連れてこられた自分とおなじだ、とラナは思いました。そして、おばあちゃんの家はほんとうにだいじょうぶなのか、心配になってきました。

「ジャミル、もう少しここに残ってもいいのよ」

エマが膝《ひざ》を折ってジャミルの顔をのぞきこみました。ジャミルはうつむいたまま首をふりました。

「行かなくちゃ。だって、おばあちゃんをひとりにできないもん」

いっしょだったお父さんやお母さんも、もしかしたらおばあちゃんの家にたどりつけていないかもしれない、とジャミルは心のどこかで感じていたのです。

「よし、じゃあ行こう。フープーのいうことなら竜《りゅう》もきくさ」

赤ひげ隊長はそういって、ジャミルの手をとりました。扉《とびら》がしめられ、ジャミルが見えなくなると、ラナはエマとハリドにいいました。

「わたし、マジュヌーンのところに行く」

「塔《とう》にのぼるつもり？」

「うん。のぼってみる」

ジャミルのためにできることはなんでもしよう、とラナは決めていました。

11章　方舟《はこぶね》

日が暮《く》れたら寒くなるから着替《きが》えた方がいい、とエマにいわれて、ラナは自分の服に着替《きが》えました。ジーンズにブラウス、毛糸のベストに膝《ひざ》まであるコートをはおり、髪《かみ》にスカーフを巻《ま》きました。国を出たときに着ていた服です。昼間は暑いのでエマの服をずっと着ていましたが、夜は冷えて夏のワンピース一枚《まい》では外に出られません。

「いっしょに行くわ」

エマは見張《みは》りの塔《とう》までつきそってくれました。肩《かた》にショールを巻《ま》いて、手にはランタンをさげています。日がかたむいて、土壁《つちかべ》にはさまれた路地は足元が暗く、ランタンの灯《あか》りがたよりになります。

見張《みは》りの塔《とう》に着くと、ハリドが待っていました。ハリドもランタンをさげています。塔《とう》の内側はすっかり暗く、ランタンの灯《あか》りがいっそう明るくなりました。

「ラナ、ほんとうにのぼるのか？」

ラナがうなずくと、ハリドもうなずきました。

「おれやエマにはむりでも、ラナは身が軽いからだいじょうぶだ。でも、乗るには、ちょっと背《せ》が足りないだろう。おれが肩《かた》をかしてやるよ」

内壁《うちかべ》にそってのびる螺旋階段《らせんかいだん》は、地面についていないので、ハリドに手伝ってもらえるのは助かります。

階段《かいだん》の下まで来ると、ラナは塔《とう》の上を見あげました。ランタンの灯《あか》りが届《とど》かない壁《かべ》の上の方は、黒々と闇《やみ》にぬりつぶされています。そのはるか上の、まだ明るさが残る空に、ラナは声を張《は》りあげました。

「マジュヌーン！」

塔《とう》の上にマジュヌーンのシルエットがうかびあがりました。ハンカチをひらひらさせて答えます。

「ラナ、こっちにおいで」

「いまからそっちに行く！」

ラナはハリドの肩《かた》を借りて、階段《かいだん》の一番下の段《だん》に乗り移《うつ》りました。エマがランタンで足元を照らしてくれます。

「ラナ、だいじょうぶ？」

ラナはうなずき返しました。階段《かいだん》の幅《はば》は思ったよりあって、壁《かべ》に手を当てていけばのぼれそうです。

「ラナ、おれのランタンを持っていけ」

ラナは右手でハリドのランタンを受けとり、左手は壁《かべ》に手を当てて、一段《だん》ずつ階段《かいだん》をのぼっていきました。緊張《きんちょう》で体はかたく、足も重く、思うように動かせません。足元を見なが

らゆっくりゆっくりのぼるラナを、エマとハリドはハラハラしながら下から見守っています。

しばらくのぼったところで、ふいに声をかけられました。

「ラナ」

顔をあげると、階段《かいだん》の上の方にだれかいます。

「マジュヌーン？」

うす暗くて顔はよくわかりませんが、声はまぎれもなくマジュヌーンのものです。階段《かいだん》を

おりてきたのです。足元だけを見ていたので、ラナは少しも気がつきませんでした。

下を見ると、暗闇《くらやみ》にエマのランタンがゆれています。だいぶのぼってきたようで、灯《あか》りは

小さく見えて、ラナはいっしゅんクラッとしました。

「ラナ、ランタンを渡《わた》して」

ラナは上を向き、手をのばしてランタンを渡《わた》しました。空いたその手を、マジュヌーンのもう片方《かたほう》の手が取ります。思いがけずあたたかな手です。
「さあ、行こう」
マジュヌーンはラナの手を引いて、階段《かいだん》をのぼりはじめました。軽々とした足どりのマジュヌーンに手を引かれ、ラナの足も軽くなっていきます。

「ほら、着いた」

いつのまにかラナはバルコニーに立っていました。階段《かいだん》を見おろすと、エマのランタンの灯《あか》りは途中《とちゅう》で見たときより遠くなっていますが、なぜか不安になりません。暗闇《くらやみ》にうかぶその灯《あか》りに、ラナは呼《よ》びかけました。

「エマ、ハリド！」

「ラナ、着いたの？　だいじょうぶ？」

闇《やみ》の底からエマの声がきこえました。さっきまでいっしょにいたのに、別の世界からきこえてくるようです。

「だいじょうぶ！」

答えたラナの横で、マジュヌーンがエマにいいました。

「竜《りゅう》が出発するまで、ラナはここにいる」

「えっ？」

ラナは思わずマジュヌーンを見ました。ぼさぼさの長い髪《かみ》にかくれた横顔が、すぐそばにあります。切れ長の目がラナの方に向きました。

「ジャミルのために歌うんだろう？」

ラナはうなずいて、エマに向かっていいました。

「明日の朝までここにいるから！」

ラナの言葉をきいて、エマとハリドは歩きだし、やがてランタンの小さな灯《あか》りは門の外に消えました。

目をあげると、内壁《うちかべ》にならんだのぞき窓《まど》から、まだ少し明るい西の空が見えました。

「ごらん」

マジュヌーンにさそわれて、すぐそばののぞき窓《まど》から外を見ると、真下に町がひろがっていました。泉《いずみ》の館の青い角錐《かくすい》屋根が、夕暮《ゆうぐ》れの光を受けてやわらかくかがやいています。その向こうに、風の塔《とう》がすっくと立っていました。

家々の丸屋根は砂色《すないろ》に、そのあいだをはう路地は闇《やみ》にぬられています。その闇《やみ》を、小さな灯《あか》りが進んでいくのが見えました。

「あれ、エマのランタンかな」

ラナは身を乗りだしました。

「きっと、そうだよ。ラナ、こっち側も見て」

マジュヌーンは壁沿《かべぞ》いにぐるりとバルコニーをまわって、ラナを反対側まで連れていきました。そちら側の窓《まど》をのぞくと、キャラバンサライが見えました。中庭に松明《たいまつ》が灯《とも》り、たくさんのラクダやキャラバンの男たちがいます。

「ジャミルもいるかな」

目をこらしても、そこまではわかりません。

キャラバンサライの向こう、町をとりかこむ土壁《つちかべ》の外に、竜《りゅう》が巨体《きょたい》を横たえていました。そのうしろには沙漠《さばく》がひろがり、群青《ぐんじょう》の夜が宝石箱《ほうせきばこ》をあけて、星をひとつ、ふたつとちりばめています。

「竜《りゅう》は眠《ねむ》ってるの？」

「フープーが眠《ねむ》らせた」

「フープーは？」

「巣に帰った。夜明け前に竜《りゅう》を起こしにやってくるよ」

塔《とう》の上で、ラナはマジュヌーンとふたりきりでした。

見張《みは》りの塔《とう》は壁《かべ》が厚《あつ》く、奥行《おくゆ》きのあるくぼみがところどころにありました。そんなくぼみのひとつには、じゅうたんを敷《し》いた上にクッションが置いてあって、まるでかくれ家《が》のようです。ふたりはそこにランタンを置いてすわりました。

「マジュヌーンはここで寝《ね》てるの？」

「ここでラナの絵を見てる」

マジュヌーンは帯にはさんでいた紙を取りだしてひろげました。ラナがペンで描《か》いた絵が、ランタンの灯《あか》りでうかびあがります。

「まえは、夜になると星をながめてたけど、この絵を受けとってからは、この絵ばかり見ているんだ」

「これは、ジャミルのおばあちゃんの家。わたしは行ったことないんだけど、ジャミルの話をきいてるうちに目にうかんだの」

「すごくいいところみたいだ」

「そうでしょ、お休みの日になると、みんなが集まったんだって」

「これがおばあちゃん、これがお父さんとお母さん、この人たちはおじさんとおばさん、子どもはいとこたち」

「すごい、マジュヌーン、あってるよ」

「ジャミルのおばあちゃん、すごくやさしそうだね。みんな笑っていて楽しそう」

「そりゃあそうよ、こんなにごちそうがあるんだから」

「なにがあるんだい？」

「スイカでしょ、メロンでしょ、トマトにキュウリ、チーズにオリーブ。色鉛筆《いろえんぴつ》があったら赤や緑でぬり分けられるんだけどなあ。ジャムもアンズやイチジクやいろいろあって、ナスのジャムなんか金色なんだって。ぜんぶおばあちゃんの手作りなんだよ」

ジャミルからきいた話を、ラナは見てきたように話します。

「ネコも三匹《びき》いてね。ジャミルはこのネコを、ハリドの工房《こうぼう》で土で作ったの。焼きあがったら、わたしたちにくれるって。マジュヌーンの分もあるよ」

「わたしのネコも？」

マジュヌーンは目をまばたきさせ、それからふっとほほ笑《え》みました。

竜使《りゅうつか》いというから、暴《あば》れん坊《ぼう》でやんちゃな少年を想像《そうぞう》していましたが、目の前のマジュヌーンは、少年なのか少女なのかよくわかりません。背《せ》はラナより高いけど、話していると年はおなじくらいな気がします。

「マジュヌーンはここに来る前、どこにいたの？」

「どこに？」

マジュヌーンはまたしても目をしばたかせました。

「竜《りゅう》に乗って、世界のあちこちをさまよっていたよ」

「ずっと？」

「さまよう前は、母さんの竜《りゅう》の方舟《はこぶね》にいた」

「お母さんの？」

マジュヌーンにお母さんがいたとは、思いがけないことでした。

「マジュヌーンのお母さんも竜使《りゅうつか》いなの？」

「そうだよ」

マジュヌーンはほこらしげにあごをくいっとあげました。

ラナはマジュヌーンをしげしげと見つめました。見かけは人と変わりませんが、マジュヌーンは竜使《りゅうつか》いの血を受けついでいるのです。

「竜《りゅう》の方舟《はこぶね》って、この町の名前だと思ってた。ほかにもあるんだね？」

「一人前の竜使《りゅうつか》いはみんな、自分の方舟《はこぶね》を持ってる。小さいときは、母さんの方舟《はこぶね》にいたんだ」

「いつから竜《りゅう》に乗ってるの？」

「小さいときからさ。竜使《りゅうつか》いの子は、子どもの竜《りゅう》といっしょに育つんだ。竜《りゅう》とフープーと遊んでるうちに、自然と乗りこなせるようになるんだよ」

「すごい。さすが、竜使《りゅうつか》いだね」

「遊牧民《ゆうぼくみん》だって、小さいころから馬に乗るってきいたよ。それとおなじさ」

「でも、竜《りゅう》は空を飛ぶし、あんなに大きいんだもん。やっぱりすごいよ」

「そうかなあ」

マジュヌーンは照《て》れ臭《くさ》そうにつけ足しました。

11章　方舟

「竜《りゅう》に乗って飛ぶだけなら、それほどむずかしくないんだ。でも、方舟《はこぶね》をはなれてさまようのは大変だから、竜使《りゅうつか》いの仕事を覚えたのは、大きくなってからだよ」

「竜使《りゅうつか》いの仕事って？」

「竜《りゅう》が人を助けるのを手伝うんだよ」

ラナは隊長にいわれたことを思い出しました。

「わたしも竜《りゅう》に助けてもらったみたいなんだけど、ぜんぜん覚えてないの」

申《もう》し訳《わけ》なさそうにラナが肩《かた》をすくめると、マジュヌーンは首をふりました。

「仕方ないよ。人の目に竜《りゅう》は見えないんだから」

「ここでは竜《りゅう》が見えてるよ」

「方舟《はこぶね》は竜《りゅう》の世界だからね。人の世界では、竜《りゅう》も竜使《りゅうつか》いも透明《とうめい》なんだ。竜《りゅう》の世界と人の世界は重なっていて、竜《りゅう》に人は見えるけれど、人に竜《りゅう》は見えないんだよ」

「へえ～」

おどろかされることばかりでした。竜《りゅう》の世界が、人の世界と重なるようにしてあるなんて。見えない竜《りゅう》に、人が助けられていたなんて。気づかないうちに、竜《りゅう》と竜使《りゅうつか》いに運命を左右されていたなんて。

「マジュヌーンは竜《りゅう》に乗って助けた人のこと、覚えてる？」

マジュヌーンはそっとうなずきました。

「わたしの竜《りゅう》は、ある海で起こる舟《ふね》の事故《じこ》を気にかけていたんだ。その海では、おおぜいの人を乗せた小さな舟《ふね》が、しょっちゅう波にのまれていた。海に投げだされた人たちを見つけるや、竜《りゅう》は飛んでいって救《すく》いだし、安全な場所におろしてあげていたんだよ」

その海ではそんな舟《ふね》が後をたたなかったときいて、ラナはつぶやきました。

「わたしも逃《に》げつづけていたら、そんな舟《ふね》に乗ったかもしれない……」

陸路《りくろ》で国境《こっきょう》を越《こ》えたら、最後は舟《ふね》で海を渡《わた》ることになるかもしれない、とおじさんは話していました。密航《みっこう》するのですから、正規《せいき》の船ではありません。どの海を渡《わた》るつもりだったのでしょうか。もしかして、マジュヌーンが見ていた海でしょうか。

「なんだって？　あんな舟《ふね》に乗ったらあぶないよ。とにかく人が乗りすぎてる。ぎゅうぎゅうづめなんだ。海が荒《あ》れたら、あっというまにひっくり返る」

「あぶないとわかっていても、その舟《ふね》に乗るしかなかったんだよ、きっと」

「どうして？」

「なんとか海を渡《わた》って、逃《に》げたかったんだよ。もどったら、もっとあぶない目にあうから」

ラナには他人事《ひとごと》に思えませんでした。マジュヌーンは顔をしかめました。

「だけど、子どももたくさん乗っていたんだよ。その子たちが海に放りだされると、竜《りゅう》は一《いち》目散《もくさん》に飛んでいった。なにがなんでも子どもは助けたかったんだ」

声がだんだん熱を帯びてきます。

「竜《りゅう》は人が好きなんだ。子どもはとくに好きでさ、災《わざわ》いに巻《ま》きこまれた子どもを見つけたら、助けずにはいられない。でも、いくらがんばっても、全員は助けられなくて……」

マジュヌーンはくやしそうに唇《くちびる》をかみました。

「海がおだやかな朝、絵のようにきれいな砂浜《すなはま》に、小さな男の子が打ちあげられていた。砂《すな》のベッドでひとり、眠《ねむ》っているように見えた。前の日に海でひっくり返った舟《ふね》に乗っていた子だよ。おぼれてしまって、助けられなかったんだ」

静かにそういって、マジュヌーンはつづけました。

「母さんはいつもいってた。竜《りゅう》も竜使《りゅうつか》いも神さまじゃない、できることは少しだけって。ほんとうにそうなんだ。助けても助けても、助けきれない。わかってるけど、やりきれないよ。あのとき竜《りゅう》は海の上をぐるぐる飛んで、亡《な》くなった男の子からいつまでもはなれようとしなかった。必死で竜《りゅう》をなだめて、なんとか海から引きはなしたんだ」

その光景が目にうかんで、ラナはなにもいえなくなりました。

「この町を見つけたのは、ちょうどそのあとだった。海からはなれて、沙漠《さばく》の上をさまよって、ようやくここにたどりついたんだ」

マジュヌーンは遠い目をしました。

「ここは静かで、竜《りゅう》を休ませるのにちょうどいいと思った。それでここを方舟《はこぶね》にしたんだ。竜《りゅう》はあんなに大きいけどやさしくて、人を助けたい気持ちが強い分、助けられなかったときはすごく傷《きず》つくんだよ」

「傷《きず》ついた竜《りゅう》は元気になったの？」

「ぐっすり眠《ねむ》ったらつかれがとれて、竜《りゅう》はまた飛んでいった。竜《りゅう》が人を助けるのは、竜《りゅう》の本《ほん》能《のう》なんだ。でも、わたしはつかれてしまって、また竜《りゅう》に乗ってさまよう気になれなかった」

「じゃあそのあと、マジュヌーンは竜《りゅう》に乗ってないの？」

「うん、乗ってない。わたしが乗らなくても、竜《りゅう》は人を助けるし、キャラバンの隊員も竜《りゅう》に乗りこんで手伝ってくれる。ただ、わたしが乗ってれば、助けた人を近くの安全そうな場所におろすんだけど、乗ってないから、この方舟《はこぶね》まで連れてくるようになってしまって……」

「それって、いけないことなの？」

マジュヌーンは気まずそうにうなずきました。

「竜《りゅう》の方舟《はこぶね》は、人のためのものじゃないから……」

「お母さんの竜《りゅう》の方舟《はこぶね》に、人はいなかった？」

「いないよ。竜《りゅう》の世界に、人はいちゃいけないんだ」

マジュヌーンはいいわけするように続けました。

「だから、方舟《はこぶね》の外にもどりたい人は、竜《りゅう》で送りだしてる。でも、もどりたくない人は、むりに追いだせない。だって、人の世界は災《わざわ》いが多すぎるじゃないか。地震《じしん》や洪水《こうずい》だけでも大ごとなのに、戦争まで起こしてるんだから」

ラナはふと、「もどりたくない」といっていたハリドの横顔を思い出しました。

「それに、このごろは、こんな方舟《はこぶね》があってもいいんじゃないか、って思うようになったんだ」

「どうして？」

「竜《りゅう》は、災《わざわ》いに巻《ま》きこまれた人を探《さが》してさまようから、銃《じゅう》で撃《う》たれたり、爆弾《ばくだん》を落とされたり、そういうひどいことばかり見てしまう。ジャミルのおばあちゃんの家みたいに幸せそうな場所は、目に入ってこないんだ。悲惨《ひさん》な場面に出くわして、竜《りゅう》の心が傷《きず》つくと、わたしも胸《むね》をしめつけられる。竜《りゅう》が怒《おこ》ったり悲しんだりすると、わたしまで気持ちが沈《しず》んでしまう」

「はなれていても、竜《りゅう》の気持ちがわかるの？」

「うん。伝わってきて落ちこむんだ。それでもここにいると、なぜか元気がわいてくる。画伯《がはく》の絵はひろがっていくし、ハリドやエマたちも楽しそうになにか作ってるだろう。そういうのを見てると、ワクワクしてくるんだよ」

ラナにも思い当たるふしがありました。

「ジャミルはネコを作ってるとき楽しそうだった。わたしも土をこねてるだけで、気持ちがラクになった。なにか作るって、元気になるのかも」

「そうさ。なにか作ってる人を見てるだけで、人っていいな、って思えてくるんだ。そうやってわたしの心が元気になれば、ここから竜《りゅう》に力を送ることができる。はなれたところで人を助けようとしている竜《りゅう》にも、気力がわいてくる。そうなることを、もしかしたら、竜《りゅう》も望んでいるんじゃないかな……」

「竜《りゅう》も？　それで竜《りゅう》は助けた人をここに連れてくるってこと？」

マジュヌーンはうなずき返しました。

「わからないけど、そんな気がする。こんなに人がいたら、ここはもう〈竜《りゅう》の方舟《はこぶね》〉とはいえない。でも、竜《りゅう》を元気にすることができる場所ではあるんだ。だから、こんな方舟《はこぶね》があってもいいんじゃないか、って思うんだよ」

12章 オレンジの誓《ちか》い

月が沙漠《さばく》の上にうかびました。大きな白い満月です。夜ははじまったばかり、ふたりはまたバルコニーを歩きました。

のぞき窓《まど》から下を見れば、キャラバンサライの中庭で松明《たいまつ》の灯《あか》りがゆれていました。でも人の姿《すがた》はなく、ラクダたちも眠《ねむ》っています。反対側の窓《まど》からのぞいた町も、すっかり寝静《ねしず》まっています。風もなく、明るい夜の中を、マジュヌーンとラナだけが歩いていました。

「上にのぼろう」

マジュヌーンはラナの手をとって、壁沿《かべぞ》いにのびる螺旋階段《らせんかいだん》を、バルコニーからさらに上へとのぼりはじめました。壁《かべ》が途切《とぎ》れ、急に視界《しかい》がひらけました。のぼり着いたのは塔《とう》の上、マジュヌーンが見張《みは》りに立つ台です。

「わあ」

ラナは一瞬《いっしゅん》、宙《ちゅう》にういたように感じました。さえぎるものはなく、町のすべてが見晴らせます。月明かりをあびて、連なる丸屋根が青白くうかびあがっています。夜の海にうかぶ方舟《はこぶね》のようです。

「ごらん、町が夢《ゆめ》を見ている」

マジュヌーンがいうとおり、連なる丸屋根も、その下で眠《ねむ》る人たちも、みんな夢《ゆめ》を見てゆらゆらたゆたっているようでした。

マジュヌーンは見張《みは》り台の上で、竜《りゅう》の方を向いて腰《こし》をおろしました。ラナもとなりにすわって、月夜の沙漠《さばく》に横たわる竜《りゅう》をながめました。竜《りゅう》は月の光をあびて、美しい鈍色《にびいろ》にかがやいています。

「よく眠《ねむ》ってるな」

マジュヌーンがつぶやきました。

「竜《りゅう》がどんなにつかれているか、乗っていなくてもよくわかる。ここに来てやっと眠《ねむ》れるんだ。たっぷり夢《ゆめ》を見てほしい。夢《ゆめ》はエネルギーを与えてくれるからね」

「わたし、夢《ゆめ》なんかずっと見てないなあ」

「覚えていないだけさ」

「そうかなあ……」

ラナが首をかしげると、マジュヌーンは秘密《ひみつ》を教えるようにいいました。

「夢《ゆめ》を見る力は、だれもが持ってる。人も、竜《りゅう》も」

「竜《りゅう》も？」

マジュヌーンはうなずいて、ラナの目を見つめました。

「起きているときにどんなにつらいことがあっても、眠《ねむ》ると夢《ゆめ》を見る。夢《ゆめ》を見れば、現実が少し遠ざかる。痛みもやわらぐ。人も竜《りゅう》もおなじだよ。竜《りゅう》が楽しい夢《ゆめ》を見るように、夜になるとここで歌いかけているんだ」

「マジュヌーンが？　竜《りゅう》に？」

「そうだよ。わたしの歌を、竜《りゅう》は夢《ゆめ》に見る。たいていの夢《ゆめ》は忘《わす》れてしまうけど、それでも、楽しい夢《ゆめ》を見れば元気になる。それにね」

マジュヌーンは言葉を切って、ちょっともったいつけるように小声でいいました。

「目ざめる前に見た夢《ゆめ》は、ちゃんと覚えてる。だから、竜《りゅう》が目ざめる前に、ジャミルのために歌いかけるんだよ。ジャミルのおばあちゃんの家に、竜《りゅう》が飛んでいくように」

それをきいて、ラナはやっとのみこめました。

「歌うって、そういうことなの？」

「そうだよ。ラナが描《か》いた絵の場所を竜《りゅう》が夢《ゆめ》に見て、目ざめたら飛んでいけるように、ラナが歌うんだ」

「わたしが？」

「ラナにしか作れない」

「わたし、歌なんか作ったことないよ。どうやって作ったらいいの？」

「この絵は、目にうかんだことを描《か》いたんだろう？　目にうかんだことを歌うだけ、絵よりずっとかんたんさ」

「でも……」

こまり果てたラナに、マジュヌーンが提案《ていあん》しました。

「じゃあ、まず、わたしが作って歌ってみせるよ。ラナ、なにか楽しかった思い出を話して」

「楽しかった思い出？」

「うん。それを歌にして、竜《りゅう》にきかせるんだ。そしたら竜《りゅう》は、その歌を夢《ゆめ》に見る。楽しい夢《ゆめ》を見ると、元気になるからさ」

「楽しかったことっていわれても……」

そんなことはなにもないと思っていました。つらいことばかりだから、逃《に》げだそうとしたのです。でも、ふしぎなことに、すっかり忘《わす》れていたことを、ふと思い出しました。

「学校に通っていたときにね、仲良しの友だちがいて、いつも三人で帰ってたの。途中《とちゅう》の四つ角にオレンジを売る屋台があって、その先は別々の道を帰るから、そこで立ち止まってずっとおしゃべりしてた。わたしたち大好きな先生がいてね、その先生のことをしゃべってたんだ」

「どんな先生？」

「ザーラ先生っていうの。若《わか》くてきれいでお姉さんみたい。わたしたちザーラ先生にあこがれて、先生になるって決めて、先生になるための学校にいっしょに行こう、ってその場で誓《ちか》いあったの。そしたらね、オレンジ売りのおじさんが、オレンジをひとつずつくれたんだよ。未来の先生に、って」

マジュヌーンはにっこりとえくぼを見せました。

「おじさんにずっときかれてたのが恥《は》ずかしくなって、わたしたち大笑いしたっけ。でも、オレンジをもらってうれしかったなあ。ほんとうに先生になれる気がしてきた。それで、三人のあいだで先生になることは、『オレンジの誓《ちか》い』って呼《よ》ぶことにしたんだ」

ラナは話していて、あの時のあの場所にもどりたくなりました。あのころはなんて幸せだったのでしょう。毎日学校に行って、ザーラ先生に会って、友だちと帰り道におしゃべりをして、笑いあっていました。なんでもないことが、かけがえのないことだった。行けるものなら、あのころに行きたい……。

「なんで逃《に》げたんだろう」

思いもしなかった言葉が、口をついて出ました。

「あんなに楽しかったのに。わたし、あそこで友だちといたかった。あそこで学校に通いたかった。あそこで先生になりたかったのに、なんで逃《に》げたんだろう」

口にして、はじめて気づきました。逃《に》げるしかない、と思っていた心の奥底《おくそこ》で、ずっと引っかかっていたことに。

「ザーラ先生は、逃《に》げなかった」

ザーラ先生も苦しんでいました。女の子の学校は閉鎖《へいさ》されて、女の先生は働けなくなったからです。それでも家に女の子を集めて、こっそり授業《じゅぎょう》をしてくれました。見つかったら捕《つか》まってしまうかもしれないのに。

「ザーラ先生は、いつもそばにいてくれた。こっそり授業《じゅぎょう》をして、楽しい話で笑わせてくれた。それなのに、ザーラ先生を残して、なんで逃《に》げたんだろう」

ザーラ先生だけではありません。オレンジの誓《ちか》いをした三人の友だちのひとりも、逃《に》げずに残りました。もうひとりの友だちはいっしょに逃《に》げましたが、はぐれてしまい、ラナひとりがここに来てしまった。竜《りゅう》に救《すく》われて方舟《はこぶね》に乗ったといわれても、自分だけが助かったのだとしたら、素直《すなお》によろこべません。

「わたし、ザーラ先生を見捨《みす》てたのかな」

ザーラ先生だけでなく、家族や友だち、ふるさとに残してきたすべてに背《せ》を向けた。そんな負《お》い目《め》が、ラナにはずっとあったのです。

「そんなことない」

うなだれたラナの肩《かた》に、マジュヌーンはそっと手を置きました。

「ラナはザーラ先生のようになりたくて、学校で勉強を続けるために逃《に》げたんだ。オレンジの誓《ちか》いをかなえるために」

マジュヌーンはすっくと立ちあがり、深く息を吸《す》いこむと、竜《りゅう》に向かってやわらかな声で歌いかけました。

大好きなザーラ先生　あこがれのザーラ先生
ラナもいつか先生になるって　誓《ちか》いを立てた
仲良しの友だち三人と　誓《ちか》いを立てた

オレンジ売りのおじさんが　誓《ちか》いの証人《しょうにん》
ラナたちの誓《ちか》いをきいて　オレンジをくれたよ
未来の先生たちにって　オレンジをくれたよ

大好きなザーラ先生　あこがれのザーラ先生
ラナのそばにいつもいて　心から消えない
楽しい授業《じゅぎょう》は　いつまでも消えない

ザーラ先生を　忘《わす》れないで
オレンジの誓《ちか》い　いつの日かかなえよう
ザーラ先生を　忘《わす》れないで
オレンジの誓《ちか》い　いつの日かかなえよう

マジュヌーンのすんだ歌声は、やさしく話しかけるようで、ラナの胸《むね》にしみました。夜も、町も、しんと聴《き》き入っていました。歌が終わると、竜《りゅう》はグホ～と深く息を吐《は》きました。歌い終えて腰《こし》をおろしたマジュヌーンにラナはききました。

「竜《りゅう》はわたしの夢《ゆめ》を見るの？」

マジュヌーンはうなずいて答えます。

「ラナとラナの友だち、オレンジ売りのおじさん、ザーラ先生も出てくるだろう」

「いいなあ。わたしもザーラ先生の夢《ゆめ》を見たいなあ」

夢《ゆめ》でもいいから、ラナはザーラ先生に会いたくなりました。

「夢《ゆめ》を見たいなら、少し眠《ねむ》るといい」

「そうしようかな」

いつもならとっくに寝《ね》ている時間です。ラナはさすがに眠《ねむ》くなってきました。

ふたりは見張《みは》り台からバルコニーにおりて、くぼみの部屋にもどりました。クッションを枕《まくら》にして横になったラナに、マジュヌーンは毛布《もうふ》をかけました。

「マジュヌーンは眠《ねむ》くないの？」

「ぜんぜん。ラナの話をきいたら元気になったよ。楽しい話って、よく効《き》く薬みたいだ。ラナも楽しい夢《ゆめ》を見るといい。さあ、おやすみ。歌ってあげる」

マジュヌーンはそういって、さっき竜《りゅう》にきかせた歌を、さっきより小さな声で、ラナのために歌いました。

大好きなザーラ先生　あこがれのザーラ先生
ラナもいつか先生になるって　誓《ちか》いを立てた
仲良しの友だち三人と　誓《ちか》いを立てた

最後まできき終わらないうちに、ラナは眠《ねむ》りに落ちました。

そして、夢《ゆめ》を見ました。通っていた学校、仲良しの友だち、ザーラ先生も出てきました。ザーラ先生が少しおどけた顔でなにかをいって、みんな笑い転げています。ラナも夢《ゆめ》の中でお腹《なか》の底から笑いました。苦しくなるくらい笑って、涙《なみだ》が出てきました。

「ラナ、起きて」

マジュヌーンに肩《かた》をゆすられて目をさましたとき、ラナは自分がどこにいるかわかりませんでした。さっきまで日の当たる教室にザーラ先生といたのに、目の前にいるのはマジュヌーンで、あたりはまっ暗です。

「そろそろ行こう」

夢《ゆめ》だったのか、とぼんやり思いました。夢《ゆめ》でもザーラ先生に会えて、ラナは胸《むね》がきゅっとしめつけられました。先生のおどけた顔が、まだはっきり見えています。笑い転げて苦しくなった感じも、体に残っています。

寝床《ねどこ》から出ると寒くて、ラナはブルっと身ぶるいしました。外は冬のように冷えこんでいます。マジュヌーンは自分のマントをラナの肩《かた》にかけました。

「これをはおって。あったかいよ」

「でも、マジュヌーンは？」

「わたしはこっちをはおる」

マジュヌーンは白いフェルト製《せい》のマントをはおりました。

肩幅《かたはば》が広くて逆三角形《ぎゃくさんかくけい》のシルエットです。

「羊飼《ひつじか》いにもらったんだ」

「羊飼《ひつじか》い？」

「春になると群れを連れてくるんだよ」

「画伯《がはく》が壁《かべ》に描《か》いてる遊牧民《ゆうぼくみん》のこと？」

「そうだよ。毎年来るんだ。このマント、羊の毛で作ったんだって」

羊飼《ひつじか》いのマントを、マジュヌーンは気に入っているようです。

「ここはまぼろしの町なのに、どうして遊牧民《ゆうぼくみん》は来るの？」

「羊飼《ひつじか》いがこの町の夢《ゆめ》を見たんだ」

「夢《ゆめ》？」

「夢《ゆめ》を見た次の日、群れを連れて歩いていると、遠くにこの町を見かけた。蜃気楼《しんきろう》に思えたけど、近づいていったら夢《ゆめ》で見たとおりの町だった、って」

蜃気楼《しんきろう》の境界《きょうかい》を越《こ》えて、竜《りゅう》の方舟《はこぶね》にたどりついたのです。

「夢《ゆめ》って、思いもよらないことを引きおこすんだよ。ラナは、夢《ゆめ》を見た？」

「うん。ザーラ先生が出てきた」

「楽しい夢《ゆめ》だった？」

ラナはこくんとうなずきました。夢《ゆめ》の中とはいえ、あんなに笑ったのは久《ひさ》しぶりでした。ザーラ先生にほんとうに会ったみたいでした。

「どんな夢《ゆめ》かはっきり覚えてる」

「そうだろう。目がさめる前の夢《ゆめ》は覚えてるんだ。さあ、竜《りゅう》が目ざめる前にジャミルの歌をきかせよう。おばあちゃんの家に連れていくように」

ふたりはピリッと冷たい夜の中、見張《みは》り台へとつづく螺旋階段《らせんかいだん》をのぼっていきました。

13章　歌え、ラナ

満月は沈《しず》んでいました。夜明けはそこまで来ています。群青《ぐんじょう》の空を、一羽の鳥が飛んできて、見張《みは》り台に立つマジュヌーンの肩《かた》に止まりました。

「おはよう、フープー」

「おはよう、マジュヌーン。おはよう、ラナ」

フープーは愛らしい顔をラナに向けていいました。

「ラナが竜《りゅう》に歌いかけるのね」

そういわれて、ラナは急にあせりました。まだ準備《じゅんび》ができていません。夜明けまでに歌を考えるつもりだったのに、ぐっすり眠《ねむ》って夢《ゆめ》まで見ていたのですから。

「どうしよう、できるかな」

「だいじょうぶだよ、息を吸《す》って、深く吐《は》いてごらん」

ラナはマジュヌーンにいわれたとおり、深呼吸《しんこきゅう》しました。朝の新しい空気を胸《むね》いっぱいに吸《す》いこんで、夜の空気を吐《は》きだします。

「竜《りゅう》の方を向いて目をつぶって、ジャミルのおばあちゃんの家を思いうかべるんだ」

ラナは竜《りゅう》の方を向いて、目をとじました。マジュヌーンがラナの思い出を歌ったように、ジャミルの思い出を歌えばいい。そう思うと、歌えるような気がしてきます。

フープーがラナの肩《かた》に止まって、耳元で歌うようにささやきました。

「ジャミルのおばあちゃんの家は　とってもすてきな家」

すると、ジャミルのおばあちゃんの家が、ラナのまぶたにうかんできました。お休みの日の朝食の光景がありありと見えてきます。

「さあ、うかんだことを、歌ってごらん」

ラナはうなずいて、息を吸《す》いこむと、竜《りゅう》に歌いかけました。

おばあちゃんの家は　オリーブの林のそば
庭に大きなテーブル　朝のごちそうがいっぱい
白いチーズ　黒いオリーブ　赤いトマト　緑のキュウリ
黄色いオムレツ　むらさきのブドウ　金色のハチミツとナスのジャム
笑い声がきこえる　ほら　みんながやってくる

お父さん　お母さん　おじさん　おばさん　いとこたち
三匹《びき》のネコもやってきて　テーブルをとりかこむ
おばあちゃんがジャミルに　プレゼントをあげている
青いガラス玉　キラキラ光る宝物《たからもの》

そこまで歌って、ラナは目をひらきました。そして、両腕《りょううで》を前につきだして、竜《りゅう》に向かってひろげました。

竜《りゅう》よ　おばあちゃんの家に　ジャミルを連れていって
キラキラ光る宝物《たからもの》を　おまえにあげるから
竜《りゅう》よ　おばあちゃんの家を　かならず探《さが》しだして
青いガラス玉をくれた　おばあちゃんの家を

ラナが高らかに歌いあげると、竜《りゅう》は目をとじたままグホ〜と息を吐《は》きました。その深々とした息をきいて、ラナは急に力がぬけて、へなへなとしゃがみこんでしまいました。
「ラナ、よくやった。次はフープーの番だ」

「まかせて」

フープーは金色の翼《つばさ》をひろげ、白々としてきた空に飛び立っていきました。

町の門があいて、キャラバンのラクダがぞろぞろと出てきました。上から見ると、竜《りゅう》の背《せ》には色とりどりの珠《たま》がならんでいて、キャラバンの隊員は背中《せなか》にのぼると、ラクダのひもをその珠《たま》にしばりつけていきます。ジャミルはひとりだけ竜《りゅう》の頭の方に歩いていって、額《ひたい》の白い珠《たま》にまたがりました。それを見ていて、ラナはまた心配になりました。

「ジャミルったら、あんなところにいて怖《こわ》くないのかな」

「あそこがいちばん安全だよ。わたしもあそこに乗っていた」

竜使《りゅうつか》いのマジュヌーンがそういうなら、きっとだいじょうぶです。

しんがりの隊長が竜《りゅう》の尻尾《しっぽ》についた珠《たま》をなでると、竜《りゅう》はまた深々と息を吐《は》きました。マジュヌーンが立ちあがってハンカチをふりました。

「ジャミル、竜《りゅう》が目をあけたら、ガラス玉を空に投げるんだ」

白い珠《たま》のすぐ後ろにある竜《りゅう》の目を、ジャミルはチラリとふり返りました。竜《りゅう》はまだ、目をとじています。

「マジュヌーン、竜《りゅう》が目をあけたら、ガラス玉を空に投げるよ！」

ジャミルは大きく手をふって答えました。

「ジャミル、元気でね！」
ラナも立ちあがって
手をふりました。
「ラナも元気でね！」
ジャミルが答えたとき、
空を舞《ま》っていたフープーが、
竜《りゅう》の額《ひたい》の白い珠《たま》におりていきました。

さまよえる竜《りゅう》よ
お目ざめなさい
夜が明けたら　飛び立ちなさい
オリーブの林のそばの
おばあちゃんの家に
ジャミルをかならず
連れておゆき

フープーが歌い終えたそのとき、
沙漠《さばく》に朝日が顔を出しました。
竜《りゅう》がカッと目をひらきます。
ジャミルは青いガラス玉を
両手に包んで、
胸《むね》に引きよせました。
そしてすかさず、
空に高く投げました。
「おばあちゃん！」

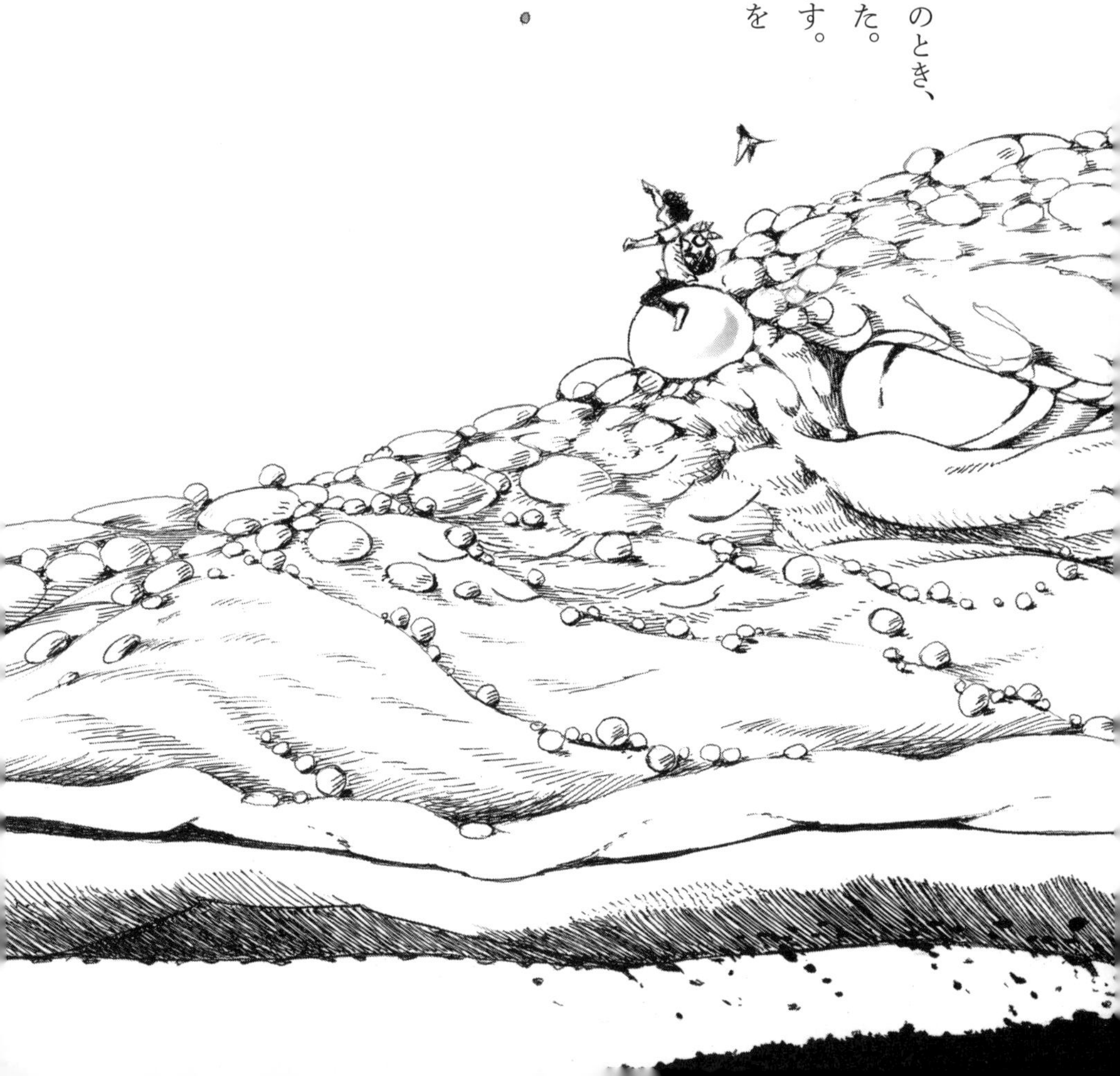

キラキラと宙《ちゅう》をゆく青いガラス玉を、竜《りゅう》はルビー色の目で追いました。巨体《きょたい》を起こすや、片方《かたほう》の前脚《まえあし》でガラス玉をとらえます。その勢《いきお》いで身をよじり、そのまま空へと飛び立ちました。竜巻《たつまき》のようにくるくると舞《ま》いあがっていきます。

「ジャミル！」

ラナは思わず叫《さけ》びました。

「だいじょうぶだ。竜《りゅう》は旅立った」

マジュヌーンはラナを落ち着かせようとしましたが、竜《りゅう》が飛び立つのをはじめて見たラナは、ジャミルがふり落とされないか心配でなりません。たまらなくなって、もう一度歌いました。

竜《りゅう》よ　おばあちゃんの家に　ジャミルを連れていって
オリーブの林のそばの　三匹《びき》のネコがいる家に
竜《りゅう》よ　おばあちゃんの家を　かならず探《さが》しだして
ごちそうをかこんで　笑い声がする家を
竜《りゅう》よ　おばあちゃんの家に　ジャミルを連れていって
竜《りゅう》よ　おばあちゃんの家に　ジャミルを連れていって

竜《りゅう》の姿《すがた》が見えなくなるまで、
ラナは歌い続けました。
見えなくなってからも、
竜《りゅう》が飛んでいった先を追うように、
いつまでも歌い続けました。
声がかすれてしまうまで。

日は高くのぼり、沙漠《さばく》の暑い
一日がまたはじまりました。

「マジュヌーン！　ラナ！」

下の方からふたりを呼《よ》ぶ声がしました。エマとハリドです。いつものように青い水差しを持ってきています。マジュヌーンは見張《みは》り台の上から、ハンカチをひらひらさせました。ラナはまだ放心状態《ほうしんじょうたい》でぼうっとしています。

「ラナ、行こう」

マジュヌーンはラナの手を引いて螺旋階段《らせんかいだん》をおりました。バルコニーまでおりると、はおっていたマントをぬぎすてて、また下までのびる長い階段《かいだん》をおりていきました。おりるにつれ、空気が重たくなっていく気がします。マジュヌーンの足どりもだんだんゆっくりになり、まん中あたりまで来ると立ち止まりました。

「さあ、ここからはひとりでおりて」

そういうと手をはなし、ラナの頭上をひらりとこえて、上の段《だん》に飛びうつりました。

「えっ？」

「だいじょうぶ、見ててあげるから」

ラナは壁《かべ》に手をそえて、足元を見ながら階段《かいだん》をおりはじめました。ますます足が重くなって、思うように動かせませんが、なんとか一番下の段《だん》までおりて、ハリドに地面におろしてもらいました。

マジュヌーンが階段《かいだん》の上からいいました。

「エマ、水差しの水をラナに飲ませて」

青い水差しを渡《わた》されて、ラナは両手で輪を持つと、注ぎ口から水をひと口飲みました。冷たくて甘《あま》くてやわらかな水が、喉《のど》を流れ落ちて体じゅうにいきわたる感じがします。

「わたし、歌ったよ」

ラナは告《つ》げました。

「ジャミルのために歌ったのね」

エマはラナの肩《かた》を抱《だ》きよせました。

「フープーも歌ってくれた」

「よかった。きっとおばあちゃんの家に行けるわね」

エマの声をきいていると、現実《げんじつ》にもどってきた気がします。

塔《とう》の壁《かべ》を見あげると、マジュヌーンの姿《すがた》はいつのまにか消えています。

(わたし、ほんとうにあの上までのぼったのかなあ)

塔《とう》の上での出来事はほんとうにあったことなのか、ラナはわからなくなりました。ことは別の世界、まじり気のない竜《りゅう》の世界にいたように感じます。

「ジャミルも行っちまったか」

ハリドが少しさびしそうな声でいいました。

「ジャミルの青いネコを焼きあげて、マジュヌーンにも渡《わた》さないとなあ」

「そうだね」

ジャミルのネコをもらえるときいてうれしそうだったマジュヌーンを、ラナは思い返しました。塔《とう》の上が別世界だとしても、マジュヌーンと過《す》ごした時間はラナのものです。

「マジュヌーンもジャミルのネコを楽しみにしてるよ」

ラナはふたりに笑いかけました。

「おっ、ラナが笑った」

ハリドがからかうようにいいました。

「しかめっ面《つら》しか見たことなかったのになあ」

「そんなことないよ」

そういいながら、ラナはまた笑いました。ここに来てはじめて笑っている、と自分でも思いました。夢《ゆめ》の中でザーラ先生に会ったからでしょうか。

「ジャミルをぶじに送りだしたから、ほっとしたんじゃないの？」

「うん。やれることはぜんぶやった」

どうしたいかわからない、なにも決められない、と悩《なや》んでいた日々に、ジャミルのためにやれることはやってきたのです。

「わたし、また縫《ぬ》い物工房《ものこうぼう》に行ってみようかな」

なんとなく口にした言葉に、エマは大よろこびして、ラナをぎゅっと抱《だ》きよせました。

「大歓迎《だいかんげい》よ。ラナ、ここに残る気になった？」

ラナは首をふりました。

「決めたわけじゃないけど、なにかやりたくなってきた」

先のことはわかりません。大事なのは、いまです。そして、なにか作っていれば、マジュヌーンが元気になれるし、さまよえる竜《りゅう》に力を送ることにもなるのです。

「おいおい、ちょっと待てよ。ラナ、なにかやりたいなら、土をこねる方が楽しいぞ」

ハリドがラナの腕《うで》を引っぱって、エマから引きはなそうとしました。

「どっちにしようかなあ」

ラナは笑いながら、ふたりの手をとって歩きだしました。

あとがき

新藤悦子

この物語に登場する画伯《がはく》には、モデルがいます。

イラン人の画家、パルヴィズ・キャランタリーさんです。

キャランタリーさんが描《か》いた沙漠《さばく》の廃墟《はいきょ》の絵〈エンプティ・プレイス〉を見たとき、目が吸《す》いよせられ、一瞬《いっしゅん》にして心がうばわれました。

一九八五年、イランの首都テヘランでのことでした。イスラム革命で社会が変わり、芸術家は表現の自由を求めて外国に出ていった、そんな時代です。

沙漠《さばく》の中にぽつんとうかぶ人気《ひとけ》のない集落。どんな思いでこの絵を描《か》いたのか、画家にきいてみたくなりました。

五年後、キャランタリーさんに会うため、テヘランを再訪《さいほう》しました。八年続いた戦争が終わったあとのことです。

〈エンプティ・プレイス〉を見られると期待していましたが、画家が見せてくれたのは、あざやかな民族衣装《いしょう》の遊牧民や、布《ぬの》を結びつけて願《がん》かけする水飲み場をテーマにした新作ばかり。

「いま必要なのは、建て直していく力なんです」

前向きに語るキャランタリーさんと、色彩《しきさい》あふれる作品の数々を、まぶしい思いで見つめながら、わたしは複雑《ふくざつ》な気持ちになりました。〈エンプティ・プレイス〉に強く惹《ひ》かれて、どんな気持ちで描《か》いたのかききたかった、と正直に告げると、

「一度はわたしもここを出ました。でも、描《か》きたいものはここにしかなかった。思い知らされてもどってきたけれど、孤独《こどく》でした。そんな自分を、あの絵にたくしたんです。ですが、もう描《か》きません」

そういって、最後に残っていた一枚を、プレゼントしてくれたのです。

思いがけずわたしのものになった絵を毎日ながめ、いつかこの〈エンプティ・プレイス〉を舞台《ぶたい》に物語を書いてみたい、と思ってきました。

あれからずっと、世界の各地で戦争や紛争《ふんそう》が起こっています。干《かん》ばつや洪水《こうずい》などのために、土地を追われる人も後を絶《た》ちません。

まさに難民《なんみん》の時代。逃《に》げまどい、さまよえる人たちは、どこにたどりつくのでしょうか。どうか生きのびるための場所を見つけてほしい。

そんな願いをこめて、〈エンプティ・プレイス〉を竜《りゅう》の方舟《はこぶね》にしました。ここにたどりついた人たちの心の声に、耳をかたむけたい。そんな思いから生まれた方舟《はこぶね》の物語です。

二〇二四年二月

新藤悦子（しんどう　えつこ）

１９６１年愛知県豊橋市生まれ。津田塾大学国際関係学科卒業。在学中から中近東に関心を持ち80年代に遊学。『羊飼いの口笛が聴こえる―遊牧民の世界』『チャドルの下から見たホメイニの国』などノンフィクション作品を発表。２００４年刊行の『青いチューリップ』で日本児童文学者協会新人賞を受賞。以後『手作り小路のなかまたち』『アリババの猫がきいている』『いのちの木のあるところ』など児童書作品も多い。

佐竹美保（さたけ　みほ）

１９５７年富山県高岡市生まれ。ファンタジーやSF、古典、リアリズム、伝記など幅広いジャンルで装画や挿画を手がける。主な装画挿画作品に「魔女の宅急便」（3～6巻・特別編）「ハウルの動く城」「ブンダバー」「シェーラ姫の冒険」「十年屋」「竜が呼んだ娘」などのシリーズ作品はじめ、『いのちの木のあるところ』絵本『ちいさな木』『絵本で学ぶイスラームの暮らし』『ヨーレのクマー』『ゆきおんな』など多数ある。

ラナと竜の方舟　沙漠の空に歌え

２０２４年４月　初版　２０２４年４月　第１刷発行

作　者　新藤悦子
画　家　佐竹美保
発行者　鈴木博喜
編　集　岸井美恵子
発行所　株式会社理論社
〒101-0062　東京都千代田区神田駿河台２-５
TEL　営業　03-6264-8890　編集　03-6264-8891
URL　https://www.rironsha.com

装幀　池田デザイン室
組版　アジュール
印刷・製本　中央精版印刷

ISBN978-4-652-20617-1 NDC913 A5変型判 21cm 191p